DUGONGO

DUGONGO

ALE OSEGUERA

YEGUA DE TROYA

Papel certificado por el Forest Stewardship Council®

MIXTO
Papel | Apoyando la silvicultura responsable
FSC® C117695

Penguin Random House Grupo Editorial

Primera edición: marzo de 2026

Edición a cargo de Gabriela Wiener

Travessera de Gràcia, 47-49. 08021 Barcelona
Diseño de la cubierta y colección: PRHGE-Nora Grosse
Tipografía Inkafont: ©Ángela Miranda
Imagen de la cubierta: ©Getty Images

Printed in Spain – Impreso en España

ISBN: 978-84-17417-92-5
Depósito legal: B-1.058-2026

Compuesto en La Nueva Edimac, S. L.
Impreso en Huertas
Fuenlabrada (Madrid)

CT17925

Me asaltó de pronto, como un trastorno mental desconocido por la psiquiatría: el deseo de detenerlo todo en la vida cotidiana, desarraigarme y partir.

LAWRENCE OSBORNE, *El turista desnudo*

Soñar con un destino es obedecer al mandato que, en nosotros, expresa una voz extranjera.

MICHEL ONFRAY, *Teoría del viaje*

La historia de mis viajes es solo la de mis dolencias.

OLGA TOKARCZUK, *Los errantes*

Para eso se viaja después de todo, una de las dos había dicho, para cotejar al deseo, para verlo a los ojos de frente como ante el precipicio, sin caer, pero pensando en caer.

CRISTINA RIVERA GARZA, *Terrestre*

Sueño I: ¿ahí es donde vives?

En mis sueños, vivo en la última planta de un hotel acristalado. Mi familia me visita porque insisto en compartirles el paisaje: una bahía turquesa de arena dorada y montañas que brotan del agua; pero ellos solo quieren ver la tele. La playa se vacía de golpe, una nube ceniza se refleja en el agua, un perro negro le ladra. Sopeso la posibilidad de lanzarme desde la ventana, rescatar al perro, pero la nube estalla en mil espejos. Mi padre, de pronto a mi lado, murmura que la noche es pasajera. ¿Cómo va a estar todo bien si se está desmoronando y ya no podrás reconstruirlo? Entonces, me sube al barco. Flotamos sobre un mar dormido, tan limpio que distingo el temblor de la luna en la blancuzca piel de las medusas, el resplandor de los mosaicos de unos edificios de Gaudí que han quedado sumergidos. ¡Mira, mira!, exclama mi hermano, apoyado en la proa, ¿ahí es donde vives? ¡Aguas!, le advierto, no te vayas a caer. Mi madre, desde la cabina, me anima: ¡Aviéntate! Sopeso la posibilidad de lanzarme, pero me aterra la venenosa luz de las medusas. El perro se pasea, pero no sabe dónde está.

Barcelona

Cartografía del regreso

Yo quería regresar al Sureste Asiático antes de morir.

Me aferré a la brújula de ese deseo como el héroe que se ata a un mástil para resistir el canto de las sirenas. Dejé que me guiara un solo objetivo: recuperar la perplejidad de aquella primera vez, en 2012, cuando experimenté el asombro no por la diferencia, sino por la familiaridad. Quería volver a encontrar un refugio en un paisaje desconocido y alejarme de la sensación que me acompañaba desde que me había instalado en Barcelona: la de estar en un territorio de conquista. Sentir, en un lugar tan solo imaginado, lo que los migrantes echamos en falta en nuestra huida hacia el Norte: un hogar, un ancla, el arraigo. Y una vez allí, descansar.

Pensaba que irías a México, me dijo Arnau.

Era lo más lógico: regresar a la tierra natal. Pero yo necesitaba un tiempo para mí sola antes de reencontrarme con mi descabezada familia.

La última vez allí me había abatido un huracán. Atendí, impotente, el lamento de mi madre, como quien observa su casa ser arrasada por un deslave. De Pato, mi hermano, cargué sobre mi espalda su dolor, convertido en una carrera contra el tiempo. Y de ese hombre descomunal que había sido mi padre, recibí en el pecho el golpe de su ausencia. Abracé su cuerpo, primero inerte en una cama, luego en una camilla, finalmente en una estúpida caja, convertido ya en cenizas. Un miedo absoluto atravesó mis huesos. Me despertaba agitada con cada tormenta, convencida de que aquello no eran truenos sino balazos; en cada tienda y en cada cafetería; en cada semáforo temía ser secuestrada, violada, asesinada. Mis primos y tías se burlaban de mí. Con desdén me llamaban «la europea». Ninguno entendía mi terror a nuestra *querida* Guadalajara, acostumbrados a la violencia que carcomía la ciudad. Ni yo lo entendía. No distinguía si en verdad yo había olvidado cómo vivir allí o si esa sensación de intemperie era parte de mi reciente orfandad.

Mi proyecto sudoriental le devolvió, poco a poco, el color al pisito que compartíamos Arnau y yo en la calle Rocafort. Desenterré del fondo de mi armario una caja con postales gastadas, mapas con las rutas dobladas, un imán con forma de elefantito, boletos de ferry, entradas a templos y parques que aún olían a salitre y humedad, y billetes arrugados con muchos ceros, suaves como pañuelillos. Todo en lenguajes garigoleados, estampados en el papel como lianas floreadas, ilegibles para mí aunque me esforzaba en distinguirlos a simple vista –este es lao, este tailandés–, como si esa habilidad validara mi propósito. Una mañana bien temprano, me duché, me puse la ropa que conseguí que me entrara y fui a la biblioteca del barrio para sacar ensayos, guías y mapas que extendí por el suelo como un tapete mágico. Hacía semanas que no salía de casa. Días más tarde, visité una librería especializada en viajes que hay en pleno centro. Era la primera vez en meses que me aventuraba más allá de mis dos habituales cuadras, un paso que desconcertó a Arnau, casi acostumbrado a vivir al lado de un bulto.

No sé qué fue lo que le atrajo de mis planes. Tal vez el brillo de mis ojos cuando le narraba los atardeceres navegando en el Mekong; o la música de la humedad rebotando en los troncos huecos del bambú; o los sabores y texturas de frutas con forma de animales fantásticos. Un día se despojó de los prejuicios —dicen que ahí hay enfermedades asquerosas, que el agua del grifo es tóxica, que son profesionales en timar a los turistas, hay prostitución en cada esquina, que ha perdido su «autenticidad»— y dijo: Voy contigo.

Me sorprendió su firmeza, pero no me lo creí. Arnau, tan arraigado a su Catalunya natal, su *estimada terra*, lanzándose a un horizonte desconocido. Creí que se le pasaría en cuanto viera una pequeña dificultad: las vacunas, los pasaportes, el precio del vuelo, la lejanía. Serán tres meses, informé. Según yo, esto lo haría desistir del todo. Me pidió unos días para pensarlo. Hizo su propia investigación llamando a sus amigos, quienes le recomendaron *La Guía*, la que siguen todos los mochileros. Entonces se animó a dejar su trabajo, que odiaba por rutinario y hueco, pero que mantenía porque era tranquilo y seguro.

Acepté su compañía a regañadientes. Me convencí de que era lo óptimo dada mi inestable situación emocional. Calculé las ventajas económicas de viajar en pareja. Recordé lo útil que resulta ser dos en las batallas contra insectos gigantes. Decidí, finalmente, que este viaje sería mi manera de agradecerle todo lo que él me había aguantado los últimos meses. Pensé en mis manos tomando ahora las suyas para levantarlo y conducirlo al lugar donde se reinicia la vida. Yo a él y ya no al revés. Entendí que Arnau quería venir conmigo para encontrarse, bajo una larga cascada o a medio bocado en un puesto ambulante de arroz, con la Lula de la que se enamoró hace más de cinco años, la que todavía tenía ilusiones, una sonrisa y un padre vivo.

Creo que Arnau se dejó llevar, una vez más, por el amor que siente por mí.

Escribo «amor», pero podría intercambiarlo por «responsabilidad».

Como el Sureste Asiático no es un país, de la misma forma que América Latina no es un país, aterricé mis ilusiones en Tailandia; pero al cabo de unos días, la boca entusiasta de Arnau empezó a expulsar nombres como Hanói, Yakarta, Manila. Yo insistí: Tailandia. Yo deseaba volver a aquel territorio que me había enamorado, a aquella humedad, a aquel verde.

Durante mi primer viaje, salí de Tailandia por el norte y crucé Laos y Camboya. Meses más tarde, al intentar volver a entrar en el vientre del elefante, me quedé varada en la frontera del lado camboyano, viendo inútilmente cómo el país se me cerraba, a pesar de mis puños apretados.

Así que peleé: volver a Tailandia. Con énfasis en el «volver».

Arnau dijo: A Tailandia podemos ir después. Y también: Todo el mundo va a Tailandia.

¿Quién es todo el mundo?

Tuvimos una discusión sobre mi plan, su plan, nuestro plan. Para mí, regresar era un acto de memoria. Para él, apenas un paréntesis. Finalmente, la decisión salomónica la tomó el precio del vuelo: Malasia con escala en Inglaterra.

A veces, para ir al sur hay que transitar el norte.

Empecé entonces a improvisar rutas, a evocar destinos. Mi historia personal me dirigió a Singapur, unos cientos de kilómetros al sur de Kuala Lumpur, la capital malaya. Busqué su perfil para constatar que seguía viviendo allí Ezequiel, mi mejor amigo y gran cómplice de la adolescencia. Le escribí preguntando qué le parecería una visita mía. Él respondió casi de inmediato con una frase bien mexicana, de esas que creía olvidadas: Aquí tienes tu casa. Y muchas caritas sonrientes y signos de admiración. ¿Qué hora es allí?, pregunté, imaginando una madrugada tibia. Siete horas más que en España. Catorce más que en México.

A veces, solo yendo hacia adelante se vuelve a casa.

Barcelona → Londres → Kuala Lumpur

Oriente: espejo y espejismo

En la cola de espera para subir al avión rumbo a Kuala Lumpur, mi mirada se cruza con la de un chico que va esquivando maletas. Él me devuelve el desparpajo de su juventud. Yo me quedo pensando en sus facciones. Viste unos jeans deslavados y una chaqueta deportiva blanca con dos rayas paralelas negras en los laterales de los brazos. El logotipo deformado de una marca famosa se le descose del pecho. El color de su piel y su cara, de pómulos bien marcados y bigotito apenas esbozado, me dice que podría ser mexicano. Arnau y yo lo observamos, nos esforzamos innecesariamente en ser discretos. Al chico no le importamos en lo absoluto. Al rato, al preparar los documentos para mostrarlos a la azafata, miro los suyos de reojo y descubro el color de su pasaporte. Es rojo. Es de Malasia.

Pero podría ser mexicano.

Es verdad, coincide Arnau conmigo, adiestrado ya en el arte de los cuerpos mexicanos.

Tengo la teoría de que el Sureste Asiático y América Latina habríamos tejido una relación de estrechísima hermandad si no nos hubiéramos conocido a través del filtro de la mirada blanca. ¡Nos parecemos tanto! No solo porque, en ciertas costumbres y filosofías de vida, es como verse al espejo, sino también por algunos paisajes, como las abarrotadas avenidas de Bangkok, los coloridos tianguis de Chiang Mai, o las riscosas montañas de Xianghoang, alcanzadas solo por carreteras fantasmales atiborradas de bruma y baches. Pero sobre todo, es en la Historia, que transcurre entre el orgullo y la vergüenza, entre lo moderno, lo anhelado y lo ancestral. Llevamos todas esas sensaciones grabadas en una cicatriz bajo la piel; amansada, pero imborrable.

Esto nadie nos lo advirtió.

A nosotros nos contaron de un lugar llamado Oriente.

Un día, las letras de unos señores del Norte llegaron a nuestra isla-continente. Nos narraron un viaje a través de las tinieblas hasta llegar a un mundo perdido de selva, sol y aguas abisales. Yo también los leí: bestias devoradoras de hombres, mujeres con piel de cobra, deidades cubiertas de alhajas y olores y sabores que seducían hasta el olvido. Deslumbrados por aquellos relatos, empezamos a anhelar el edén oriental.

> *¡Áureo espejismo, sueño de opio,*
> *fuente de todos mis ideales!*
> *¡Jardín que un raro kaleidoscopio*
> *borda en mi mente con sus cristales!*

Este poema lo escribió mi compatriota Juan José Tablada en las postrimerías del siglo XIX. Tablada era un ávido lector del francés Pierre Loti. En estos versos con aire de plegaria, Tablada resume su anhelo de viajar a Japón. En él afirma amar los ríos, lagunas, ciervos y faisanes nipones, aunque no ha tenido todavía la oportunidad de conocerlos por sí mismo. De ese lejano oriente tiene solo una imagen prestada.

¿Ansiaba el poeta el Japón real? ¿O quería, más bien, vivir en las fantasías de un señor francés? Me parece que la ilusión del poeta no difiere mucho de la que, un siglo más tarde, experimentamos muchos cuando vimos *The beach* y creímos que, independientemente de nuestro género, color y nacionalidad, podíamos sobrevivir, como Leonardo DiCaprio, a las fiestas de la luna llena y al salto de una cascada en Tailandia.

En aquel lejano albor del siglo XX, lo que quizá no consideró Tablada es que, para encontrar un paraíso *oriental*, no le hacía falta subirse a ningún barco. Ya estaba allí.

En 1492, Colón creyó haber alcanzado las costas asiáticas. Convencidos de que habían llegado a la India, los europeos nos bautizaron como las Indias Occidentales, sellando así nuestra primera correspondencia involuntaria con Asia. En ese territorio desconocido, exploradores como Gonzalo Fernández de Oviedo o el mismo Hernán Cortés experimentaron el embeleso natural del ser humano hacia lo extraño. Esta emoción se transformaría, más adelante, en un hambre de conversión y dominio. Así, en sus crónicas, ambos colonizadores retrataron lo que no podían nombrar como fascinante y peligroso, místico pero salvaje, listo para ser poseído y domesticado. Como nosotras, las mujeres.

Esa manera de mirar el paisaje, como si fuera una fantasía creada para ellos, es rastreable hasta la Grecia del siglo v a.C. Heródoto. Marco Polo. Las literaturas de exploración británica y francesa de los siglos xviii y xix. Todos apelaron a la fascinación bífida: lo desconocido como repulsivo y atractivo a la vez. A nadie se le ocurrió romper los moldes. Ni siquiera a las mujeres, que reclamarían también su derecho a viajar y a escribir, a discriminar y a... exotizar. Este es el caso de la escritora victoriana Isabella Bird, cuyos retratos de Malasia y Singapur cristalizan la deshumanización propia del discurso colonial: «los rostros de piel oscura no tienen expresión que pueda interpretar, y los ojos oscuros y líquidos no me resultan más inteligibles que los de los bueyes. Es, de principio a fin, el "misterio asiático"».

Si hacemos caso a Bird, en los ojos del chico malayo del aeropuerto, y en los míos, hay un silencio animal.

Pero mi mirada nunca estuvo apagada. Ni siquiera en todos estos años en Barcelona. Quizá solo hablaba bajito por debajo de la tierra, entre susurros antiguos que golpeaban mis párpados.

Según Edward Said, escribir sobre Oriente es dialogar con esas voces mientras se navega entre espejos que deforman y reflejan. Sé que mi viaje a Malasia no está libre de Historia, con toda su riqueza y sus prejuicios; pero quiero creer que no persigo un espejismo, sino el encuentro con un rostro que, a su vez, me reconozca. Y que, cuando me cruce con él, avanzaré con los brazos abiertos y no con la espada desenvainada.

—No hace falta justificar las vacaciones con paralelismos históricos, Lula —me suelta Arnau tras mi perorata.

—Lo dice el que sueña con recorrer Escocia y Quebec durante las vacaciones —contraataco.

—Es diferente. Lo nuestro está pasando hoy.

—¿Lo vuestro? —digo «vuestro» en lugar de «suyo» para que no quepa duda de a quién estoy incluyendo en ese plural.

—Sí. Nuestra ocupación, el expolio de Catalunya.

—Ay, por favor. Como si lo vuestro pudiera compararse con lo que nos hicieron a nosotros —objeto, recalcando ese último pronombre.

—¿Quiénes sois nosotros?

Hago una pausa. Los matices están atorados en mi garganta. ¿Quiénes somos nosotros? ¿Lo que queremos ser, lo que creemos ser o lo que otros deciden que somos?

Por ejemplo, a principios del siglo XX, hubo un momento, breve pero significativo, en que los latinoamericanos fuimos declarados orientales por los académicos anglosajones. Nuestra otredad nos dejaba al margen de la occidentalidad; así que, a falta de otra categoría: orientales. Hasta que un día decidieron que, por mucha similitud —o diferencia— que hubiera, no éramos lo mismo. Entonces nos aislaron en un laboratorio aparte: los Estudios Latinoamericanos.

Me pregunto qué habría pasado de haber seguido siendo orientales. ¿Se habrían mestizado nuestros imaginarios?

Fantaseo con una bronceada diosa transoceánica, de cráneo montañoso y labios en forma de pez. Su cuerpo, un reptil alado con cola de alacrán y brazos arácnidos brotando de su vagina. Imagino su centro ceremonial en el pico nuboso de una montaña, en el estómago de una jungla espesa. Una pirámide escalonada coronada por una estupa multicolor. En sus paredes, rostros humanos esculpidos, con los ojos rasgados y facciones a medio camino entre lo jemer y lo moche. Un sinnúmero de quetzales, tigres, monos y elefantes como devotos custodios.

Anhelando, como Tablada, un Oriente propio, le rezo a esta diosa subtropical para que desvele mi mirada, devore mis temores y me sumerja en la hondura de su piel.

¡Diáfana realidad, claridad de arcilla,
semilla de mis intuiciones!
Selva en la que un sendero reconocido
cavamos mis manos y tus caudales.

El tercer mundo en clase turista

Entrego mi pasaporte a la azafata para que compruebe que mi cara coincide con la foto.

Española, anuncia el color rojo quemado de las cubiertas del preciado librito.

Europea, presumen las letras doradas de sus tapas.

Mexicana, murmura el otro pasaporte: el que yace escondido en el fondo de la mochila, el verde oscuro.

Mi rostro es un mapa de la historia hispánica.

Tomo asiento entre Arnau y un británico de mediana edad. Unas ocho horas más tarde, el hombre pregunta de dónde somos, más por aburrimiento que por interés genuino.

—De Barcelona —contesta Arnau con la seguridad de quien porta un pase VIP.

El británico me examina como detectando una raíz invasora en su jardín de rosas. Ante mi silencio, insiste:

—*And you? Where are you from?* —No le parezco lo suficientemente barcelonesa, europea.

—México —contesto.

—*Wow*... ¿Y cómo llegaste hasta aquí?

Aquí: ¿este punto en China que ahora sobrevolamos?

O aquí: ¿esta ruta que no le corresponde a mi condición de latinoamericana y tercermundista?

—Vivo en Barcelona.

Justifico mi presencia latina en este vuelo con mi lugar de residencia. Doy por terminado el interrogatorio con la excusa del baño.

Hay otros sures, pero están en Europa.

Hasta hace unos meses, trabajaba en una empresa holandesa que nos explotaba a españoles, catalanes y latinoamericanos por igual, bajo la ideología de que la gente del Sur no es más que mano de obra barata. Cuando descubrieron que el Sur se extendía más allá del Mediterráneo, levaron anclas. A pesar de su renuencia, y tras regatearme el gasto que para ellos significó mi baja médica por depresión, me indemnizaron conforme a la ley y me mandaron al desempleo.

Si mi nuevo viaje al Sureste Asiático puede durar tres meses, es porque ese es el límite que el Estado español permite a los «parados» desaparecer. Y porque he ahorrado.

La ventaja de la explotación laboral es que, si la administras bien, deja buenas reservas. Como no te quedan ganas de vivir, no gastas: ventaja compartida con la depresión.

En nuestro sistema socioeconómico, un sujeto deprimido es un parásito que debe ser clasificado, controlado y neutralizado lo más pronto posible. Los psiquiatras de la Seguridad Social te lo constatan desde la primera visita. El dolor que te vuelve improductivo es un peligro, y el mío, que encima era invisible a sus ojos, sospechoso: una excusa para no trabajar.

Lo primero que me preguntaron, sin siquiera mirarme a la cara, fue si había pensado en el suicidio, cuántas veces y de qué forma. Clic, clic, clic, marcaron las casillas del formulario. Y como si comentaran la deficiente gestión de los residuos en una tertulia de jueves por la noche, desestimaron todas mis respuestas; pero no tenían opción: yo era un lastre. Incluso cuando lograba arrastrarme hasta la oficina, no iniciaba ninguna tarea sin antes hundirme a llorar sobre el ordenador. Y luego, más tarde, otra tanda de lágrimas, esta vez de culpa y vergüenza. Así que los funcionarios tabularon y teclearon con manos de piedra el nombre de unos fármacos y me mandaron a casa.

Con todo y los malos tragos, agacho la cabeza y agradezco al dios del primermundismo mi asiento en este avión, el aire reciclado en mis pulmones y el pastelito con sabor a cartón mojado.

Pienso en mi hermano, que cayó en depresión cuando mi cuñada sufrió el aborto del que iba a ser su primer hijo. Para los mexicanos no existían las «bajas por depresión», no existía el «paro». Pato no habría podido tomarse ni un día libre de no ser porque trabajaba para mi papá. Con todo y los señalamientos —«el duelo es para las viejas», «¿tan machín y no puede tener otro?», «sea hombre ya y póngase a trabajar»–, Pato tuvo un pequeño espacio para desahogarse a sus anchas.

A veces, en México, llorar es un privilegio, no un derecho.

Sumémosle pues, a la salud mental, la cuestión migratoria.

Un migrante, por nacer donde nació, es ya una amenaza para «los de aquí». Les roba el trabajo y, a la vez, es un holgazán que vive del dinero público: el migrante de Schrödinger. Así, uno de los nuestros con la audacia de deprimirse es, pues, un poscriminal: una anomalía fuera del espectro civilización-salvajismo, humano-animal, una criatura amorfa imposible de aceptar. Porque no debemos sentir absolutamente nada salvo la nostalgia por la tierra perdida que, según ellos, debemos sobrellevar con bachatas, picante e internet. Y mucho menos, un sentimiento debe impedirnos trabajar. O lo que, en la lógica de sus prejuicios, es lo mismo que robarles.

Vista desde lo alto de la jerarquía entre nacionalidades, mi enfermedad mental, diagnosticada, tratada y subvencionada por un gobierno europeo, es una excepción que confirma la regla: la tristeza es un privilegio. También simboliza el progreso social, claro; y en mi caso particular es, además, un triunfo para la silenciosa revolución de los migrantes.

Entonces, ¿qué hago yo en este avión? ¿Quién es la mujer del asiento 37B?

Mientras cruzo otra frontera entre la Historia, mi historia y el viaje, intento aprender a leer al revés los mapas. El espejo del minúsculo baño del avión me devuelve un rostro partido:

El de la mexicana que soy, hecha toda una primermundista, emprendiendo la marcha hacia el destino «exótico».

El de la tercermundista que siempre seré, intentando participar de un mundo que históricamente nos ha sido vetado, con la oportunidad de narrarlo desde otra perspectiva: la de los otros, nosotros. La nuestra. Si es que es posible.

El de simplemente Lula, la mujer que viaja con el propósito de diluir su tristeza en las aguas turquesas del mar de Andamán. O quizá solo para vivirla de un modo diferente, más sabroso y colorido. Y porque puede.

Kuala Lumpur

El olor de la distancia

Kuala Lumpur es una selva a la que le han insertado una ciudad. Los acristalados edificios atraviesan, con su arquitectura presuntuosa, una gruesa capa de brillante vegetación antes de pinchar las nubes. A medio camino entre el cielo y el suelo, grandiosos pilares de cemento, cual patas de elefantes monumentales, sostienen caminos por donde corren los modernos trenes del transporte público. Su estructura me recuerda a la segunda planta del periférico del DF, esa cinta gris flotante erigida como una solución forzada al caos vial.

El cemento es una omnipresencia en la capital malaya, removiéndose en espirales galácticas dentro de las mezcladoras que plagan, como flora autóctona, la ciudad. El asfalto también, aunque no es igual de poderoso. A pie de calle, las raíces de los árboles revientan las aceras a cada dos pasos, convirtiendo cualquier caminata en un deporte de riesgo —en el que, modestia aparte, me siento aventajada, habiendo crecido en Guadalajara—.

México está entre los quince países con mayor producción de cemento del mundo y, aunque Asia no es su socio comercial más importante, lo exporta a algunos países como Tailandia y Vietnam. Lo sé porque mi padre lo sabía. Soltaba este tipo de datos como un modo de reforzar su estatus y, a la vez, de mostrar su orgullo por «la fuerza industrial de nuestro país». Al contrario que yo, pienso, él habría notado las diferencias entre las columnas del DF y Kuala Lumpur. Saco el teléfono y hago una foto: la primera de cientos que él no verá. Una imagen sin valor artístico donde retrato el gris y el verde, dos dioses egocéntricos tratando de imponer su hegemonía.

En un esfuerzo constante por domesticar su naturaleza, Malasia avanza firme hacia el futuro que se prometió a sí misma cuando decidió mover toda su fuerza del campo a la industria, a los bancos y a la producción de tecnología. A Arnau esto último le interesa. Como si comprar aparatitos fuese una actividad obligada en Malasia, con la misma importancia que visitar los campos de té de las Cameron Highlands o ver orangutanes en Sandakan, lo primero que busca, nada más aterrizar, es una tienda de *gadgets*. Su insistencia detona mi frustración y una discusión que es ahora el primer recuerdo que tengo de mi vuelta al Sureste Asiático: un gruñido que me dirigió al cruzar los pasillos del aeropuerto y un mutismo incómodo frente al carrusel del equipaje, como un matrimonio que espera a que baje de los caballitos el hijo que no debió tener.

Salimos del metro como dos leones viejos cansados de su jaula. Kuala Lumpur nos impuso su presencia: el bullicio, los colores, la arquitectura, las vestimentas de la gente... y un amargo y constante hedor a basura mojada que no esperábamos encontrar. Nuestro silencio se transformó en estupefacción y, luego, en ávidos comentarios que intentaban forzar una vía de escape.

México huele a maíz. Cuando vives allí no lo notas, pero cuando regresas, nomás aterrizar te ataca la nariz un bombardeo de palomitas. Y de polución. Barcelona, por su parte, huele a sal de mar; su aeropuerto queda justo al lado de la playa. Victoria Beckham dijo una vez que España huele a ajo y le llovieron los abucheos, pero no iba errada. La madre de Arnau cocina delicioso, pero con tanto ajo que tiene el pelo impregnado con su aroma. Mi madre, por el contrario, nunca guisó con ajo porque decía que la hacía eructar y que eso no era atractivo en una mujer. Empezó a comerlo cuando la osteoporosis irrumpió en su vida. Entonces se lo tomaba incluso crudo, tragado como si fueran píldoras, cada mañana en ayunas. Por teléfono me hablaba maravillas de sus propiedades. Mi papá hacía chistes en voz alta sobre su aliento, comentaba que aquello terminaría por matar la relación. Ella contestaba, medio en broma medio en serio, que si su matrimonio había sobrevivido a sus ronquidos y a sus pedos, iba a sobrevivir al ajo. Yo ya no vivía con ellos cuando estos dramas. No sé si mi mamá realmente huele a ajo. La última vez que la vi olía a cempasúchil, crisantemos y cera de vela.

Ya estaba oscuro cuando Arnau y yo entramos en la habitación y finalmente nos liberamos del equipaje. Mi mente estaba puesta en la ducha y la cena, pero él, invadido por la emoción de quien descubre una tierra nueva, quiso follar. Follarme. Porque hacía meses que no nos tocábamos; porque ese hotelito mochilero era todo lo contrario a nuestro piso de

Barcelona y esas marcas de humedad no eran las nuestras; porque era de noche cuando en nuestro cuerpo aún era de día. Nos metimos en la cama. Oliendo a sala de espera, a vuelo transcontinental, a oxígeno reciclado, a esmog, gasolina, basura y herida descubierta. Y nos dejamos llevar por los vestigios del amor porque, se supone, un viaje también es un reinicio.

Bajo el hiyab

La tela cae sobre mi cabeza como un manto de agua. Cubre todo mi cabello, dejando mi rostro entero a la vista. Me perturba ver mi cara tan expuesta. Tal desconcierto, a su vez, me desconcierta. Nunca antes me molestó la luna llena.

Es mi primera vez en una mezquita. Es también la primera vez que uso un hiyab. Me han dado uno que parece la capucha de un traje de buzo. Me moldea hacia lo desconocido. Hace un año que el lienzo de mi cara tiene un marco barroco: flequillo hasta las cejas, cabellera libre, densa, larga hasta la mitad de la espalda, loca de humedad, loca de azul. León de melena eléctrica.

Parezco musulmana, pienso delante del espejo. ¿Es mi rostro menos mío encerrado en el marco islámico? Me pregunto si algo en mí, además de la estridencia de mi pelo, es digno de atención.

—En Tioman hay peces de ese color —dijo esta mañana la señora de la recepción del hotel mientras Arnau y yo disolvíamos el polvo de café en el agua caliente—. *Very pretty* —añadió.

—*Terima kasih* —agradecí el piropo, aunque inmediatamente me arrepentí. Quizá con *pretty* se refería a los peces, no a mí.

Ella, igualmente, pareció encantada con que yo supiera agradecer en malayo.

—¿Cuánto te costó? —me preguntó de repente.

Duda. Tos. Evasión.

¿Por qué quería hablar de dinero? ¿Por una cuestión cultural que yo desconocía? En México, preguntar eso tan directamente es tabú. Y en Catalunya, cuando hablamos de dinero, es para quejarnos del salario mínimo y los precios de la canasta básica.

—¿Quieres tú teñírtelo de azul? —le lancé una pregunta que intentaba ser jocosa.

—¡Oh, no! —dijo con una risilla—. Yo estoy demasiado vieja para eso.

Le cuento, y esto sí es verdad, que en el lugar donde vivo es carísimo hacerse cualquier cosa en la cabeza. Un corte sin florituras, veinticinco euros. Mínimo.

—¡Veinticinco euros! —repite con asombro—. *Too much!*

Si le hubiera dicho cuánto pagué por mi azul, se habría desmayado. Es absurdo, una ridiculez hasta para mí. Me invento una amiga peluquera. Miento para evadir el juicio. La señora hubiera pensado que soy una superficial, una vanidosa, hija del exceso. No quería verme en sus ojos como a veces me veo yo.

Creer que a uno lo juzgarán por primermundista es una actitud tercermundista.

Sentada en uno de los bancos del inmaculado jardín de la Masjid Jamek, la mezquita principal de Kuala Lumpur, con mis ideas bajo el hiyab, repaso las explicaciones, con todo y céntimos, que pude haberle ofrecido a la señora del hotel. Me arrepiento de haber sido tan cortante y evasiva.

León eléctrico, con melena pero sin coraje.

Ante mi insistencia, Arnau se decide a entrar en la sala de rezo. Solo está permitida a los hombres. Lo insto a que aproveche el privilegio y que, luego, venga y me lo cuente.

Hace meses que Arnau es mi narrador. Al principio él se encerró conmigo, como si mi depresión exigiera su presencia. Solíamos hacerlo todo juntos. Convencida de que debía protegerlo de mi abismo, lo empujé a que volara solo. Deseaba verlo feliz y, también, escapar de la opresión de su mirada los viernes por la noche. Empezó entonces a salir, a beber y a bailar, iba al cine, de excursión y hacía nuevos amigos. Muchos amigos. Luego, venía y me lo contaba con la esperanza de que, un día, su chispa encendiera mis cenizas. Sin embargo, habíamos errado la estrategia: él estaba más relajado, pero yo me enroscaba cada vez más en mí misma. A falta de actividad y por comer por ansiedad, me engordé hasta no caber más en mi ropa. La regla me iba y venía a su antojo, provocando brotes de acné que se me extendían desde la frente hasta el escote. Volví al viejo hábito adolescente de jalarme los pellejitos de las uñas hasta sangrar. Me los comía. Me había librado de esa costumbre a los quince años y ahora era parte de mi dieta cotidiana. Me aterraba la posibilidad de participar en esa vida nueva de Arnau, que sus amigos supieran que tenía por novia una criatura amorfa. Quería evitarle esa humillación.

Las «licencias» de ocio —aún no sé cómo llamarle a ese trato— terminaron filtrándose en nuestra vida sexual. En nuestra nula vida sexual, quiero decir. Le sugerí que se acostara con alguna otra. Solo prométeme que usarás protección. Ah, y por favor, no me lo cuentes, le dije. Cuando me imaginaba sus manos acariciando un cuerpo más amable y tierno que el mío, me recorría un espanto envenenado de celos. Sin embargo, mi mente lógica traducía los riesgos en conveniencia. Me persuadía de que, apaciguado su deseo, nuestro escenario de sequía sería más llevadero. Me debatía entre mi egoísmo y mi… egoísmo.

De todos modos, Arnau no entendió mi plan y nunca llegamos a un acuerdo. A mi propuesta respondió con un reclamo: ¿Crees que soy tan superficial como para follarme a otra sabiendo que estás así? No supe si alguna vez hizo uso de esa licencia, por más que olfateé su pelo y su ropa cuando volvía de madrugada. Una parte de mí cree que no, hay otra que quiere creer que sí.

León eléctrico, sin sangre, solo le queda la fe.

Mientras Arnau se pierde en la mezquita, observo a los demás hombres que se preparan para entrar. Son de variada edad, complexión y energía, pero comparten entre ellos el silencio. Limpian en las fuentes sus manos, brazos, pies y rostro para purificarse antes del rezo, tal y como dicta el Corán. Parecen elefantes bañándose en un lago. Pienso que mi cuerpo me permitiría camuflarme también de hombre musulmán, bajo una chilaba amplia y discreta, con las tetas apretadas bajo vendaje, un turbante en la cabeza y, por qué no, vello facial postizo de realismo irrefutable. ¿Cómo sortearía el ritual del *wudu*? ¿Y qué haría con la adrenalina que sigue a la profanación? ¿Visitar en Japón el Monte Ōmine en plena semana de mi menstruación? ¿O el Monte Athos, en Grecia, para desafiar a la Virgen María, única hembra permitida en ese lugar además de las gatas? Seguramente cruzaría cada línea y fino cordón que separa, tan solo unos pasos, a las mujeres de un gran Buda dorado en esas regiones donde el budismo también prefiere la desigualdad de géneros. ¿Llegaría a entenderlos?

Me pregunto si los espacios femeninos son imposibles para los hombres o si solo es que no les interesan. Quizá los hombres ni siquiera consideran que existen los espacios femeninos. Quizá ellas están luchando todavía por construirlos.

Me acomodo el hiyab y escondo el mechón que se había escapado y que uno de los encargados del decoro en la mezquita se afanó en señalar. Siento que, bajo él, sigo siendo una humana, un león. Yo.

El resto del día estuve intercambiando mis experiencias capilares con la señora del hotel; confiándole el por qué necesitaba que mi cabello sufriera la descarga de mis emociones. Ella lo entendía porque la tristeza es igual en todas las religiones y geografías. Y, en ese espacio de complicidad, yo lograba preguntarle sobre el hiyab, su opinión, su apego, su fe, su templo. En esas conversaciones, que sucedieron solo en mi cabeza, éramos tan solo dos mujeres, iguales, unidas en la historia enredada de nuestros cabellos.

La religión del dinero

Es también mi primera visita a un país musulmán. Nunca fui a Marruecos, tan cerca de España. Temía, como se teme a lo que se lee en las noticias del imperio, que fuera un sitio hostil para mí como mujer. Qué ironía, viniendo de México, temer visitar un país hostil para una mujer. Una amiga de Arnau que estuvo en Kota Kinabalu aprendiendo a bucear, nos comentó que los musulmanes en Asia son «muy *light*». Dijo: «No os preocupéis por eso, menos siendo turistas. ¡Usa tu bikini!».

No consideró que yo, aunque turista, un pelo en falso y parezco de aquí.

A pesar de que Malasia tuvo contacto con el mundo islámico desde el siglo XI, no fue sino hasta los siglos XIV y XV que esta fe terminó de arraigarse, importada principalmente por comerciantes de Arabia y el subcontinente indio. No desembarcó con ejércitos ni espadas, sino, según V. S. Naipaul, con un relato magnético que cautivó a la península malaya: «un Profeta, una revelación divina, el cielo y el infierno, un código sancionado divinamente». Una historia tejida con tanto encanto que pronto obtuvo su propia franquicia en el Sureste Asiático. Las élites económicas fueron las primeras en abrazar la religión. Con el tiempo, se trasladó a los entornos rurales, donde se mezcló con las creencias animistas y las tradiciones autóctonas.

A mediados del siglo XX, Malasia entró en un proceso de reformulación identitaria. Una nación que recién se independiza está obligada a reencontrarse consigo misma y a redefinir sus símbolos, valores y relatos fundacionales. Igual que cualquier persona que, después de soltar sus amarres, intenta orientarse en mar abierto. Así, tras la expulsión de los británicos y japoneses, los hijos de campesinos y aldeanos se encontraron con sus manos hundidas, por primera vez, en la fértil promesa de su tierra, que producía oro, estaño, caucho y otros materiales codiciados por el mundo. Esos tesoros, al fin, eran suyos. ¡Malasia para los malayos! Pese a su multiculturalidad y multietnicidad, el nuevo Estado levantó su andamiaje sobre la base del islam.

Lo curioso es que, mientras los cantos de las mezquitas moldean la política, las finanzas del país se expresan, mayoritariamente, en mandarín o en cantonés. En un periódico local, Arnau y yo echamos un vistazo a la lista de los hombres más ricos del país: Kuok, Quek, Teh, Lee.

—Los chinos de aquí son los catalanes de España —dice Arnau como reconociendo un parentesco lejano: pueblos que mueven la economía, pero que no gobiernan del todo su rumbo.

Y no bromea.

En Malasia, el equilibrio entre poder político y poder económico terminó rompiéndose: Singapur. La isla, mayoritariamente china y con aspiraciones propias, fue expulsada de la Federación de Malasia el 9 de agosto de 1965. Ese día, el primer ministro Lee Kuan Yew anunció públicamente la separación entre sollozos. En España, esa historia se está escribiendo todavía, con lágrimas muy distintas.

En Kuala Lumpur, el lugar donde política, economía e identidad se respiran en un mismo aire es la Masjid Jamek.

La mezquita descansa en el triángulo que se forma en el cruce de dos ríos: el Gombak y el Klang. Kuala Lumpur significa literalmente «confluencia fangosa». Kuala: cruce. Lumpur: embarrado de lodo. Pero allí no queda nada de fango. Al menos, yo no lo vi. A cuatro calles de allí, donde nuestro hotel, vi inmundicia, agua oscura y cucarachas. En los alrededores del templo, tan solo baldosas bien limpias, mosaicos relucientes, arbustos elegantemente podados, fuentes de agua cristalina y más y más cemento. A su alrededor, como guardianes de proporciones atlánticas, sus custodios, bancos todos ellos: el CIMB Bank, el OCBC Bank, el Agrobank y el HSBC.

Reconozco el logotipo de este último. En la cuenta que tuve allí, en México, me ingresaban la nómina de la escuela donde enseñaba Lengua y Literatura a adolescentes rechazados de colegios de renombre. Yo ya tenía una en Banamex, pero mi padre insistió en que abriera otra por dos razones:

1. En Asia está el futuro del dinero.
2. No hay que tener todos los huevos en la misma cesta.

La cancelé al mudarme a Barcelona. En España no hay HSBC.

Fundado en Hong Kong por un escocés en tiempos de dominio británico, el HSBC es un territorio sin bandera. Si Hong Kong hoy es una región de China, ¿cuál es su nacionalidad?

¿Qué credo abraza el dinero?

¿Qué identidad tiene si se desplaza más allá de las culturas?

¿Y qué nacionalidad profesa el dinero mexicano?

Banamex es el nombre corto del Banco Nacional de México, aunque ya no se llama así. Su nombre oficial es, desde que lo compraron los gringos, Citibanamex. Creo que lo de seguir llamándole Banamex es un hábito inconsciente para autoconvencernos, los mexicanos, de que nuestro país aún posee algo de valor.

Esa cuenta nunca la cerré. Desde que me fui del país, mantengo allí, intocado e intocable, lo equivalente a mil euros: la reserva por si algún día tengo que salir volando de Catalunya, de España. Una inquietud palpable hace apenas unos meses, cuando en la convulsión catalana se rumoreaba que nos quedaríamos «sin papeles» los cientos de miles de migrantes que vivíamos allí.

¿Qué papeles tiene, pues, el futuro?

¿En qué creo yo si no tengo un dios pero sí una cuenta de ahorros?

Mi padre nunca fue un hombre religioso. Su fe estaba puesta en las deidades de su generación: el progreso, el desarrollo, la superación. A su cadáver lo obligaron a misas, rosarios y a purificar su alma con agua bendita católica, a pesar de que hacía décadas que no pisaba una iglesia.

Supongo que uno es de la religión en la que muere.

Larga distancia

Aprovecho el internet del hotel para enviar mensajes a mi madre y a mi hermano. Los tres tomamos café: yo desayuno, ellos calientan la tarde. Diluvia en Guadalajara. Pato se queja de no poder marcharse. No tiene opción: ha de esperar a que escampe si no quiere arriesgarse a convertir su coche en una lancha con mi sobrino a bordo. Desde la ventana de la cocina se ve la cochera, la reja alta con su blanco desconchado revelando el pulso del metal. Más allá, la calle, separada en dos por un angosto camellón donde mi padre plantó un arbolito de mangos. En el jardín nuestro ya no le cabía; el aguacate, insaciable, demandaba toda la tierra para sí.

Pato me envía un vídeo gris de esas vistas, pero las cascadas desbordándose desde el tejado impiden ver más allá de la silueta de la reja. Es el panorama típico de la época de lluvias que, a pesar de los cambios estacionales, todavía dura hasta entrado octubre. La tormenta es un fastidio para él, pero yo no puedo evitar sentir nostalgia por toda esa agua que alguna vez cayó sobre mí.

Pato y mi mamá me piden señales de vida; les explico brevemente el punto geográfico en el que me encuentro. Es precioso, sí, es seguro. Es *jet lag*, no insomnio –aunque, en realidad, es al revés–. Les mando una selección de las fotos que hizo Arnau del cibernético perfil de Kuala Lumpur.

> **Mamá**
> Ahora una donde salgas tú,
> de las que te toma Arnau.

No las hay, salvo las decenas de *selfies* que me hice en la mezquita. Y esas no las quiero compartir. No quiero que mi madre vea mis deformidades. No quiero que un comentario suyo desmorone la ensoñación asiática que estoy intentando construirme.

Antes de la depresión, Arnau me retrataba a menudo. Yo era el centro de su pasión por la fotografía. Posaba frente a una fuente, la nevera, un atardecer. Luego, tras revelar las fotos, la selección de nuestras favoritas se truncaba. El sabernos creadores de esas imágenes nos excitaba. Terminábamos siempre enredados, desnudos y sudorosos en el suelo, en el sofá, en la cama.

Arnau dejó de tomarme fotos porque ni su mirada lograba devolverme la belleza.

> **Pato**
> Dónde es? A poco el bueno-pa-nada gana como para tener unas vistas así?

> Es la terraza del hotel de Kuala Lumpur. Ezequiel vive en Singapur. Son dos países distintos.

> **Pato**
> Jajajaj por esas sillas cochinas pensaba que era la casa de Ezequiel.

Se refiere a los camastros de plástico viejo que aparecen en la foto.

Mamá está escribiendo… Y mientras aparece su mensaje en mi pantalla, mi hermano me escribe por privado.

> **Pato**
> Ya sé que todavía no se reparte lo de mi papá pero no te alcanzaba para algo mejorcito?

Este hotel está bastante bien, tiene todo lo que se necesita. Además, es un viaje de tres meses. No se puede despilfarrar.

Pato
Pues con mayor razón te hubieras esperado a la repartición.

Mi vida nunca
ha dependido de lo que él me diera.

Pato
Ay, sí. Ahora resulta!

¿Ahora resulta qué?

Pato
Sabes que si se lo hubieras pedido, te habría dado hasta para tu viajecito.

¡Claro que sí! Con la factura emocional incluida.

Pato
Ay ya, Lula. Ni cuando ya no está puedes dejarlo en paz?

Mira, mejor hablamos otro día. Ya me tengo que desconectar.

Pato
Igual que siempre. Tú te vas y los demás nos quedamos a recoger el tiradero.

Esa es la manera que tiene Pato de decirme que sigue enfadado porque volví a Barcelona, dejándolo a él a cargo del proceso legal de nuestro padre muerto, de la búsqueda de un testamento que jamás apareció, de las quejas y requerimientos de mi mamá, de los socios de mi papá, la abogada, la tía y mi abuela. Lo que ni él ni nadie se planteó es que Barcelona me reclamaba porque allí estaban mi vida, mi pareja y mi trabajo. Aunque el trabajo pronto dejó de tener sentido, como casi todo el resto de mi vida. Y el novio... Anhelaba volver a la ciudad que había sido mi refugio los últimos doce años, el lugar donde me sentía segura, donde me había construido a mí misma a mi antojo, lejos de la dictadura de mi padre.

Pero ahora el tirano había muerto; ¿por qué yo no volvía *a casa*?

Cuando una migra, lo de volver a casa es un viaje sin claridad en las coordenadas. En Guadalajara, en el funeral de mi padre, escuché esa frase varias veces, más a manera de afirmación que de pregunta. Una de las tías de Estados Unidos, a la que no veía desde mucho antes de que me fuera de México, me lo dijo así: Ay, ya te retornas a tu *home*. Qué pena, se te acabó el *caprichito* europeo.

Estábamos afuera del templo después de una de las tantas misas que se celebraron, más para consuelo de mi abuela que de alguno de nosotros o de mi padre mismo. Estaba sentada en una de las jardineras esperando a que alguien viniera por mí para llevarme a donde coño siguiera el interminable ritual de la última despedida. Vestía el mismo pantalón negro de los últimos no sé cuántos días, lo único de ese color que empaqué porque no se suponía que nos visitaría la muerte. Sobre mis piernas, mi padre convertido en cenizas, mi barbilla apoyada en la tapa de la caja que lo contenía, los brazos rodeándolo como si fuera un peluche. Nadie nunca te cuenta del peso de los muertos. En la televisión sujetan las urnas llenas de cenizas como si fueran jarrones vacíos, corren con ellas, tropiezan y se caen; el muerto se convierte en el confeti de una escena pseudo cómica. En el caso de mi padre, la tal urna ni siquiera tenía forma de jarrón. Era un simple contenedor rectangular de madera con una cruz tallada. Y pesaba como el amor mismo, como el futuro que todos daban por hecho que ahora me tocaba cargar. Entonces, se acercó esa tía a la que apodan tiernamente La Prieta. Se me sentó al lado y pasó su brazo por encima de mis hombros. Quise abrazarla también, pero no supe cómo. Es difícil la maniobra del consuelo cuando se interpone un cadáver.

Tenía un recuerdo bonito de La Prieta. Era la única de las primas pochas de mi papá que no se avergonzaba de hablar español, aun con su pobre léxico y su acento gringuísimo californiano. Cuando éramos chiquitos mi hermano y yo, siempre que venía a Guadalajara nos traía libros del Dr. Seuss y películas de Disney en VHS. Y siempre le pedía a mi papá que le hiciera una carnita asada en nuestro jardín. Llegaba a casa temprano y nos ayudaba a cortar los aguacates del árbol para preparar el guacamole. Nos decía a Pato y a mí: *Your house is a home.* Yo era muy pequeña para entender la diferencia entre una y otra.

Qué pena, me dijo La Prieta en aquella iglesia, ofreciéndome ese calor áspero que solo puede dar la familia. Se te acabó el caprichito europeo.

Mi cara le lanzó un acedo signo de interrogación.

Ella añadió: Ahora te toca cuidar a tu *mommy,* ¿no?

No, fue lo único que dije.

La Prieta debió haber notado mi incomodidad, porque se me quitó de encima inmediatamente y procedió a excusarse: Bueno... yo pensaba... como no tienes hijos ni *husband*...

Fue el último intercambio que tuve con ella. Me levanté y me fui con mi padre y mi orfandad a sentarme adentro del templo, donde nadie te incordia si pretendes que estás con Dios.

Unos días más tarde, cuando ya se habían largado todos los que asistieron al funeral, se lo conté a Pato. ¿Puedes creer lo que me dijo La Prieta? Pero Pato no dijo nada. Ahora sé que él opinaba lo mismo.

Mamá
¿Cuándo nos vas a llamar?

Me despido prometiendo que será pronto. Miento. Pato guarda silencio.

Antes de desconectarme del todo, abro el chat con Ezequiel. Escribo un hola cantarín que busca suavizar la noticia de nuestro retraso a Singapur. La señora del hotel nos ha recomendado ir primero a Tioman porque, en cuanto llegue el monzón, cerrarán completamente la isla. Descanso al saber que no se molesta por el cambio. Al contrario, está contentísimo de recibirnos mañana, en dos días, cuando sea. Agradezco que exista alguien de ese lejano México mío para quien mis decisiones no son un vendaval.

La planta 86 de las torres petronas

desde la planta 86 de las torres petronas, un cuerpo de 65 kg
tardaría unos 10 segundos
en despedazarse contra el suelo,
un puente vertical
cruzado al ritmo familiar de una cuenta regresiva

En la plataforma de observación, un encargado de seguridad me recuerda que no debo recargarme en el cristal.

—*Awas!* —me advierte con el tono de autoridad que corona un *awas* malayo. Luego, cambia al inglés—: *You don't want to fall, do you?* —me lo pregunta como si yo no hubiera comprobado de antemano que ese cristal está reforzado para resistir proyectiles kamikaze tipo humano.

—Sí —contesto. En español.

—¿Qué? —replica, también en español.

—*I mean... no* —resuelvo, un poco perpleja.

Le doy la respuesta políticamente correcta.

Luego, me pregunta si quiero que me haga una foto.

Contesto otra vez que no.

—*But it's the «must have» picture!*

Tomarse la foto obligada: la consigna del viajero contemporáneo. *Click, upload, like.* Certificado de existencia en .jpg. En Kuala Lumpur, ese escenario imprescindible son las Torres Petronas, el símbolo de la ciudad. Con sus 452 metros de altura y 88 pisos, son las torres gemelas más altas del mundo. Las diseñó un argentino, el tucumano César Pelli.

¿Qué hacía un argentino construyendo tecno-falos cibernéticos en el Sureste Asiático? ¿Saben los malasios que es un sudaka el autor de su emblemático *skyline*?

Por fuera, las Petronas son todo lo que Malasia ve en el espejo: porvenir. Por dentro, cumplen con la fórmula aséptica de lo que algunos interpretan como progreso: inmaculadas, relucientes, anodinas. Hay oficinas, salas para convenciones, un museo de arte moderno, un acuario y, en su base, un centro comercial de lujo: el Suria KLCC. Hace unos años, el ejército israelí utilizó una imagen de este *mall* y lo quiso hacer pasar por Gaza. El pie de la foto decía: «A pesar de lo que se escucha en los medios, Gaza no es una prisión al aire libre». Cuando se viralizó la trampa, rectificaron diciendo que había sido «*an honest mistake*».

Al cabo de un rato, el segurata vuelve a acercárseme, ahora dando unos pasitos cortos que resultan caricaturescos. Nos ha oído hablar a Arnau y a mí y quiere practicar su español. Intenta hablarnos de su familia, pero su historia está atropellada por los titubeos, pausas y piezas rotas de un idioma que, en este país, no necesita. No pasa mucho tiempo antes de que cambiemos, los tres, al inglés.

Además de ser la lengua vehicular del turismo global, el inglés funciona como puente comunicacional para las tres etnias mayoritarias de Malasia, aunque el idioma nacional es el malayo. Y como si en la lengua colonizadora su verdadera personalidad aflorara, el segurata resulta parlanchín. Nos cuenta que su padre es de La Mancha, su madre de Borneo. Él nació aquí. ¿Cómo será este chico en malayo? ¿Igual de jocoso o, por el contrario, formal y mesurado?

Arnau y yo le contamos que somos de Barcelona. Una vez más, omito los detalles y me confío a ese origen simplificado para definirme. Él nos cuenta que vivió allí un tiempo, cerca de la playa, pero que no le gustó.

—*It's more racist* —dice.

¿Más racista que en dónde? No da detalles.

Arnau le cuenta que a él lo discriminan fuera de Catalunya por ser catalán. Tampoco especifica dónde.

El segurata no le entiende. O prefiere no entenderle porque está más interesado en contarnos que tiene dos hermanos, que Kuala Lumpur es genial pero que Penang es mejor porque es más cosmopolita, que allí las fiestas son de verdad puesto que hay libertad para beber alcohol, que nos invita a coincidir allá, con él, en Año Nuevo. Luego, vuelve al tema de la piel y nos dice que le gusta la suya porque tiene dos colores.

—¿El malayo y el español? —pregunto.

—No. ¡El de dentro y fuera de la camiseta! —Se ríe mientras se levanta la manga para descubrir un hombro notablemente más claro que el resto del brazo—. Malasia es mezcla. Como yo —continúa—. Por eso aquí no hay racismo y se vive mejor que en España.

¿Será? ¿O es que aquí el racismo habla bajito en un idioma intraducible?

México también es mezcla, pero no escapa al racismo.

En un país de piel multicolor, en el que el blanco es minoría, discriminar la piel morena es un disparate. Y sin embargo, sucede.

Me pregunto si hay blancos malayos como en México hay *whitexicans* o si los blancos son solo los ingleses que nunca se fueron.

No, ser blanco es un estado mental. Seguro que hay malayos que sueñan en inglés y afirman que con los británicos se estaba mejor.

en la planta 86 de las Torres Petronas,
un cuerpo y otro, un color u otro,
son el mismo
para todos, la caída libre dura, aproximadamente,
10 segundos

El amigo segurata insiste en tomarnos el retrato del recuerdo. Coge el teléfono de Arnau y nos indica dónde colocarnos. Posamos discretos, apenas rozándonos las manos. Sin embargo, el segurata insiste en que nos juntemos más para que salgan, tras nosotros, las vistas más impresionantes de la ciudad, las que evidencian que ahí abajo está la gran Kuala Lumpur. *Three, two, one!* Clic. Luego, propone los tres en una *selfie*. *Three, two, one!* Clic. Hemos estado aquí.

Por la noche, al revisar las imágenes, nos percatamos de que salimos nítidos aunque un poco oscuros, y tras nosotros, Kuala Lumpur como una irreconocible mancha blanca.

según la planta 86 de las torres petronas,
el abismo
no es más que el golpe
de la luz

Berkelakuan Sumbang

En las inmediaciones de las Torres Petronas se encuentra el Taman KLCC, un parque boscoso con numerosos senderos donde, cuando se relaja el sol, la gente pasea o se ejercita. Alrededor de sus lagos artificiales hay extensas zonas familiares con columpios y brincolines, mesas para pícnic y fuentes que brotan del suelo. Los niños corren y chapotean libremente por ese denso parque-bosque. Las niñas también. De entre la masa de pollitos mojados sobresalen dos chiquillas rubias en bikinitos rosas y amarillos. Juegan a lanzarse globos de agua con sus homólogas morenas y recubiertas. Las madres musulmanas, enfundadas de pies a cabeza, parlotean sin prestarles excesiva atención.

¿Cómo no se les pierden sus hijos? ¿No hay sombras malévolas acechando entre los matorrales?

No puedo evitar imaginar que, como madre, sería asfixiante y aprensiva. Como madre inevitablemente mexicana, quiero decir, encadenada a ver un monstruo en cada parque, plaza o calle. ¡Lo infelices y retraídos que serían mis hijos!

Pienso también que en este parque sería más fácil extraviar a una niña musulmana que a una australiana/gringa/europea.

Sentados en una banca, Arnau y yo miramos esa escena que, sabemos, no llegaremos nunca a entender del todo. Luego, llama nuestra atención una parejita veinteañera que pasa delante de nosotros, tomada de la mano. Cada que vemos a parejas tocándose, Arnau y yo las analizamos en voz baja, con un tono antropológico que oculta una cierta melancolía. O, quizá, una pura envidia.

En Malasia no puedes besarte en público. Se considera *berkelakuan sumbang*. Para que no haya malentendidos, en los letreros de aviso ponen un dibujito de dos muñequitos –heterosexuales, claro– con las cabezas muy cerca y un corazoncito. Además, la traducción al inglés: *indecent behaviour.* ¿Los instalarán solo en las zonas turísticas? Los letreros no dicen nada sobre entrelazar las manos, pero por si acaso, Arnau y yo no nos tocamos. Más por temor al contacto mutuo que a incomodar a la autoridad.

–¿Te has dado cuenta? –me señala Arnau ya no solo el detalle de sus manos, sino el de sus facciones–. Ella es china. Él no.

A pesar de que la Constitución de 1957 garantiza la libertad de culto, en Malasia la sharía regula los asuntos familiares y personales de los musulmanes. Las relaciones afectivas entre personas de diferentes religiones no están prohibidas, pero sí los matrimonios entre musulmanes y no musulmanes. El cónyuge no musulmán está obligado a convertirse para que la unión sea reconocida por la ley islámica. Ambas normativas entran en conflicto cuando se superponen, como en el ámbito familiar. Famoso es el caso de Indira Gandhi y su marido, Pathmanathan Krishnan, ambos hindúes. Cuando él se convirtió al islam, cambió su nombre a Muhammad Riduan y, sin el consentimiento de Indira, convirtió también a sus tres hijos. Cuando la pareja peleó la custodia de los niños, el Estado favoreció a Muhammad por su afiliación al islam.

En la actualidad, un 63 por ciento de la población malasia es musulmana.

En español, se utiliza la palabra «malayo» y «malaya» para referirse a la etnia y «malasio» y «malasia» para la nacionalidad; pero en realidad, casi nadie usa esta segunda. Y la verdad es que nadie conoce la diferencia porque sabemos muy poco sobre este país en nuestro lado del mundo. O más bien nada.

—Pero el chico no parece malayo, sino indio. —Arnau continúa examinando a la parejita del parque.

En este país, las religiones se expresan con una naturalidad palpable a pie de calle: un templo budista al lado de uno hindú, a media cuadra una mezquita, a dos calles un templo taoísta y un poco más allá una iglesia anglicana y una católica. Nunca había visto un *collage* tan rico. Tailandia, Laos y Camboya son profundamente budistas. México, Italia y España, incansablemente católicos. A veces, la mixtura malasia me parece utópica, aunque un poco tramposa; pero eso es porque soy de las que creen que cualquier creencia religiosa conlleva una cacería humana.

—Indio, sí—confirmo yo tras analizar los rasgos de la parejita. Indio de la India, quiero decir.

No me acostumbro a ese gentilicio. En España lo usan con bastante soltura, pero yo no puedo evitar el pinchazo de la culpa cuando lo pronuncio.

En México, a los indios de la India les llamábamos «hindús» porque los indios, para nosotros, eran los pueblos originarios. Cómprale un chicharrón a la indita, te decía tu mamá en el tianguis. Y tú corrías, con los pesos en el puño, a alcanzar a la señora del canasto de yute trenzado que no solo traía chicharrones, sino también papas, palomitas, una botella de a litro y medio de salsa Valentina y montonazo de limones para exprimir. En esa época de mi infancia, «indio» era también un insulto. Como las groserías estaban prohibidas, pronunciábamos los inocentes «tonta» y «mensa»; pero también le soltábamos un tajante «no seas indio» o «qué india eres» a quien nos parecía imbécil, salvaje o retrasada.

Al llegar a la pubertad, una campaña gubernamental intentó concienciarnos sobre el respeto que debíamos tenerle a nuestros pueblos indígenas, a nuestros indios (¿nuestros?). Entonces comencé a entender que el gentilicio mexicano era más complejo de lo que me habían contado.

Me pregunto si al mirarnos a Arnau y a mí—él tan blanco y

catalán y yo tan morena y mexicana–, los malasios leen en nosotros la herencia de un imperio roto. El cuerpo, al final, es también un pasaporte. Quizá nos archivan en la casilla de pareja intercultural o multiétnica. Tal vez, simplemente ven nuestro andar pausado, la ropa desatendida y los zapatos de caminar, y concluyen que procedemos de ese lugar abstracto llamado «el país de los turistas».

Túnel

Las Cuevas de Batu son unas antiquísimas formaciones naturales de roca caliza que albergan una serie de templos hindúes. A su interior se accede por una escalinata de ¡272 peldaños! de color arcoíris, presidida por la resplandeciente estatua dorada de Murugan, dios de la guerra y la victoria. Es el monumento más alto del mundo dedicado a una deidad hindú. Estas cuevas reúnen naturaleza y espiritualidad –y turistas– en un escenario de estalactitas, estalagmitas y pinturas religiosas. A tan solo quince minutos de Kuala Lumpur, son una de las visitas «obligadas».

Pues no iremos.

No iremos porque vamos a esperar a unos amiguitos del *poble* de Arnau.

Coincidiremos con ellos, supuestamente, los últimos días de viaje, al regresar a Kuala Lumpur para volar a Barcelona.

Arnau toma él solito la decisión y me la suelta como un simple «voy a hacerme un bocadillo, ¿quieres algo?». Es como si me hubiera declarado la guerra.

Me defiendo con una bomba de racimo. Los reclamos estallando como esquirlas: por la falta de comunicación, la falta de información, la falta de consideración, los calendarios partidos, las rutas devastadas y las sartenes que undíahacenosécuántosmeses se quedaron sin lavar. No te basta con controlarme la vida en Barcelona, ¿también al otro lado del mundo?

De las cuevas de Batu a nuestra cocina sin escalas.

Escupo, con altisonancias mexicanas, lo mucho que odio ser la responsable de sus táperes de comida para llevar al trabajo. Él, al borde de la cama, resopla, monosilabea, se lleva las manos a la cabeza y se enrosca. Se repliega en la cueva de sí mismo. Ya suena la alarma antimisiles. No es la primera vez.

Y sin embargo, hoy hay algo distinto.

Quizá el zumbido del ventilador, el rugido del metro, la persistente peste a basura. Algo detiene el momento.

Inmersa en el aturdimiento, puedo verme, vernos, como detrás de una vitrina. Cuento los pasos discretos con los que se me acerca y cómo, con el cuidado de un artificiero, abre dedo a dedo mi puño apretado y retira el teléfono móvil que he estado zarandeando en el aire, a punto de lanzarlo contra la pared, como hice en otras batallas con vasos, libros, flores, zapatos... Luego, escuchándolo apenas, leo sus labios: la responsabilidad de la cocina era la excusa para sacarme de la cama. Que, de lo contrario, me pasaba ahí días enteros, sin levantarme, sin ducharme, sin siquiera dormir.

De repente, los táperes, la cocina, Barcelona, todo eso, parece muy, muy chiquito. Floto por encima de la escena, como el globo que un niño soltó y está esperando el abrazo del sol para reventarse y caer.

No replico. En este momento, «lo siento» es un animal extinto.

Nos quedamos arrinconados, en silencio, el tiempo necesario para que Arnau proponga una tregua.

—¿Te apetece ir al acuario? Tienen el túnel transparente más largo de Asia. Hay tiburones —sugiere citando *La Guía*.

—Me da igual.

No me da igual pero, a veces, la única salida es el movimiento.

Me detengo frente a una peculiar pecera circular empotrada en una mampara. Miro durante un rato a las medusas atravesar mi cara. Me pregunto qué duele más: ¿la herida? ¿O el miedo a la herida?

Las medusas nadan en círculos interminables, como las hormigas cuando quedan atrapadas en la macabra danza espiral que termina matándolas. Las luces discotequeras del estanque rebotan en sus cuerpos fantasmales: verde, morado, amarillo, verde otra vez... Siento pena. Por ellas, por mí, por quienes están encerrados en mi mundo circular vicioso. Arnau, mi hermano, mi mamá. Apoyo mi palma abierta en el cristal del estanque. Vuelvo a sentir esa sensación artificial de fortaleza que adquirí al poner un océano entre mi familia y yo hace más de diez años.

Antes del miedo a las medusas, me pasaba los veranos metida en el mar de Barcelona. Salía del trabajo con el bañador puesto, me montaba en la bicicleta y, quince minutos más tarde, me sumergía en ese caldo de sal y ceniza hasta que se ponía el sol, que en Barcelona suele ser hasta pasadas las diez de la noche. Solía nadar hasta el espigón. Ahora ya no; temo que me pique una medusa. Cuando el mar está caliente, se atiborra de ellas. Antes eran ocasionales, pero desde hace unos años, cada vez hay más. No es raro el grito de advertencia, ¡cuidado, medusa!, que irrumpe el jolgorio de la playa. O encontrarse con uno de sus preciosos cadáveres semienterrado en la orilla. Se supone que el mejor remedio para una picadura de medusa, mejor que mearte la herida, es el vinagre. ¿Y si cargara con una botellita en el bolso? Nunca lo hice. Me parecía que era como aceptar mi derrota.

Nunca temí al mar, su furia y sus peligros, gracias a mi padre, empeñado en enseñarme a vencer mis miedos a salto de ola en el Pacífico. Las olas no se apresuran, decía. Tienen sus ciclos. A un grupo de altas y violentas, le sigue otro de calmas. Afirmaba que venían en series de siete. Es improbable tal exactitud, pero no me atreví a refutarla. No estaba lista para confirmar que mi padre era falible. Lo importante era recoger su enseñanza, un regalo para moldear mi tenacidad y mi modo de mirar el mar.

El Pacífico exige concentración. Para entrar o salir de él, hay que esperar la oportunidad, no forzarla. Y una vez que valoras y decides, hay que aventarse. En el Pacífico no hay tiempo para recalcular. Nadas o mueres. Titubeas y mueres. Hay que estar siempre atenta para respirar en el momento correcto. Arnau aprendió esto en Melaque. Yo se lo enseñé. Lo revolcaron las olas porque, al verse dentro, dudó, se paralizó y lo engulló el océano. Apareció metros allá, con las rodillas heridas y el bañador rasgado. Normal, él es del Mediterráneo.

Nadar en el Mediterráneo no implica esfuerzo sino ganas de pasarlo bien. Antes lo definía con la palabra «alberca». Así lo describí en un cuento que presenté en un taller de escritura. Los catalanes se ofendieron y me vieron mal desde ese día. Blasfemia. La otra latina del grupo, peruana, me confesó en voz baja que opinaba igual.

El mar de Barcelona te concede la calma suficiente para imaginar a detalle el dolor no vivido de un piquete de medusa. El dolor invocado es más aterrador que el dolor real. «Lo terrible es el borde, no el abismo», escribe Piedad Bonnett.

Me costó animar a Arnau después de aquel arrastre, pero al final logré llevarlo a ese punto detrás de las olas en donde fluye la paz suficiente para mirar hacia arriba, como hacen los muertos.

—¿Entramos al túnel? —Arnau me saca de mi ensoñación. Lo sigo.

La ilusión del océano se sostiene en un acrílico fabricado en Alemania y curvado en Nueva Zelanda. Un tiburón cruza el abismo sobre mi cabeza. Desde afuera, todo se ve un 30 por ciento más pequeño de lo que en realidad es. Como la vida misma.

Kuala Lumpur → Mersing → Pulau Tioman

Waiting in vain

Oscurece cuando el ferry abandona Mersing, ese puerto con olor a gasolina, aceite de coco requemado y lluvia a punto de caer. No hay luna ni estrellas. La noche es noche y no un disfraz del día. A pesar de la penumbra, veo con precisión la transparencia del horizonte.

Salgo a la parte trasera siguiendo a otros pasajeros a fumar. Ensayo varias veces la pregunta antes de atreverme a pedir fuego. Me siento pesada dentro de esa atmósfera opaca y húmeda, un poco más ensombrecida debido al incesante ruido del motor y de mis pensamientos. Si me echara al mar ahora, ¿podría nadar hasta la orilla? ¿O me dejaría ir a medio camino? ¿Alguien se daría cuenta? ¿Hay tiburones? ¿Medusas? Las venas del cielo disipan mis ideas.

¿Es esto el temido monzón? ¿Así anuncia su llegada?

Bajo la momentánea luz, vislumbro el contorno dragonesco de la isla, los racimos de cabañitas esparcidos en su tupido verde. Luego, solo algunos puntitos naranjas, pequeños y lejanos, que avisan tierra. Pulau Tioman.

No puedo ahogarme ahora, decido. Hay otra orilla que quiero alcanzar. Se llama Ezequiel.

Más que desembarcados, Arnau y yo somos abandonados en un muelle, apenas iluminado por unas cuantas farolas y el rumor de un chiringuito en su punta. Suena un reggae clásico como por inercia, como cuando al final del concierto solo queda el barrendero tarareando sin ganas. El camarero bosteza. Nos sirve un zumo de piña y un plato de arroz con pollo que compartimos mientras esperamos. Se hace tarde. El cansancio se suma a nuestra creciente desconfianza en la suerte. Le explicamos al camarero nuestra situación y, más por divertimento que por auténtica preocupación, nos apoya con una llamada. De nuestro hospedaje le informan que ya han salido por nosotros, pero pasan diez canciones anodinas y tres éxitos de Bob Marley que no podemos evitar corear, hasta que del mar brota la afonía de una lancha. Los dos hombres que la maniobran pronuncian la palabra «hotel» como un mantra mecanizado en la repetición.

A este resort solo se llega por agua. Excepto si eres el monzón, claro. Está en una cala recóndita como las que sueñan los náufragos, monopolizada por un hotel VIP donde pronto nos sentimos como intrusos. Una gran palapa principal, que hace las veces de restaurante y recepción, domina el paisaje. Un montón de bungalós se intuyen esparcidos entre la densa vegetación del monte. La inminencia del temporal nos ha posibilitado atrapar más estrellas de las que un mochilero cualquiera podría esperar, como si el universo nos hubiera dado un premio de compensación.

El encargado baja hasta la playa y nos recibe como si fuésemos una ofrenda para el dragón durmiente. Es un joven regordete con actitud de recién levantado. Se le mojan los pies. Se nos mojan las mochilas. El bote se desvanece sin más. El encargado nos guía, ligero como un espectro, por escalinatas y senderos, hasta nuestro bungaló.

De pie en el balcón, cara a cara con la amenaza de lluvia, me doy cuenta de que el silencio no viene de la noche, sino de la isla misma, del dragón dormido. Estamos al final de la temporada turística y nadie viene ya a Pulau Tioman. Salvo Arnau y yo y la noche.

Y el monzón.

Pulau Tioman

Deriva compartida

Todo en Tioman está cerrado, como si la temporada alta del turismo hubiera sido hace muchos años. Preguntamos a un lugareño dónde está la vida. Él se encoge de hombros y nos dice que para que algo suceda se necesitan, mínimo, cuatro personas. Desistimos con un ánimo tan apagado como la isla.

En pleno siglo XXI, la mayoría de las personas aún viaja con el propósito de «descubrir». Como un explorador contemporáneo, el turista anhela ser el único en pisar un paraje secreto y plantar allí su bandera. Como aquellos aristócratas ingleses en la época del *Grand Tour*, que recorrían el sur de Europa y volvían a casa con costumbres impostadas y una estatua romana bajo el brazo. Hoy volvemos con, al menos, una foto para internet. Queremos llegar los primeros, lo más lejos, y sin embargo, el turista es un inútil cuando está solo. La mayoría de nosotros no nos animaríamos a trepar hasta lo alto de una palmera, aunque del coco dependiera nuestra supervivencia.

Cuando vine por primera vez al Sureste Asiático, no paraba de hacer amigos en cada mercado, hostal, cascada, cruce de frontera. Nos reconocíamos por las mochilas gastadas y las líneas subrayadas en las mismas guías. La sonrisa cómplice se transformaba en amistad fraternal, traducida en intercambio de consejos, agua, medicinas, cerveza y un montón de fotos grupales que al verlas, años más tarde, era como intentar distinguir granos de arena. ¿Quién es este? ¿De dónde era aquella? Daba igual. Éramos todos el eco del mismo rebaño que, tiempo atrás, cuando se inventó el turismo, se dejaba llevar por un solo deseo compartido: convertir una experiencia efímera en una marca de por vida.

Algunas de mis amistades más especiales de ese viaje nacieron en la frontera norte de Tailandia. Para llegar a Luang Prabang, Laos, había que navegar el gran Mekong durante dos días. Surcábamos ese caudaloso río en estrechas lanchas de color azul, en las que nos acomodaban, de dos en dos, en asientos traseros de automóviles descartados. Yo viajaba con mi expareja, un chico de República Checa con quien había jurado explorar hasta el último rincón del universo. En nuestro barco venían muchos anónimos de edades tan variopintas como los motivos de su viaje. Todos procedentes de algún lugar blanco, incluso un argentino que viajaba desde España, como yo. En aquel navío todos estábamos entre orillas, en un territorio que no era de nadie y era de todos.

Aún conservo algunas de esas amistades en mis redes. Me he reencontrado con algunos cuando pasan por Barcelona en otro gran tour. Aunque, en realidad, nuestras interacciones, si las hay, se limitan a las felicitaciones cumpleañeras. Cuando descubro que alguno se mudó permanentemente a algún país del Sureste Asiático, le doy *likes* cargados de envidia.

Solo en otro lugar me he sentido como en aquella travesía en el Mekong, como si el mundo fuera una posibilidad y no una urgencia. Donde el origen de cada persona era interesante, sí, y nos maravillaba conocer sus geografías; pero lo que importaba eran las ganas de vivir el presente y la ensoñación de un futuro compartido: Barcelona.

Barcelona era mi tercer espacio, un lugar fuera del binomio aquí-allá, donde confluían todas las zonas horarias y toda la incertidumbre. Allí, la cotidianeidad y sus matices eran el descubrimiento. Ninguno pertenecíamos a esa ciudad multilingüe, multicolor, multiforme, pero todos queríamos ser parte de ella porque parecía no tener fronteras. Esa voluntad nos reunía alrededor de una mesa, a veces para comer y otras para llorar; casi siempre para reinventar lo que significaba la familia, la patria, la fiesta y la nostalgia. Porque estábamos todos solos y, a la vez, más acompañados que nunca.

Barcelona es como un barco navegando el impredecible Mekong. La mayoría se sube como pasajero, con una fecha marcada para abandonarlo. Algunos no se bajan nunca. O tardan en hacerlo. Son estos los que conocen los nombres de la tripulación. Los que aprenden a decir *maradedéusenyó*, a contener el aliento cuando la *enxaneta* corona el *castell* y a orientarse con el *seny*, la brújula invisible de las tierras catalanas.

La crisis global de 2008 y sus años más crudos, de 2010 a 2014, modificaron nuestra travesía. El turismo masificado fue el último coco de la isla y Barcelona aprendió a trepar a lo alto de esa palmera envenenada. Los políticos locales, estatales y extranjeros abrieron la brecha para los buitres. Todos fuimos la Barcelona de la supervivencia. Mi exnovio checo «cocinaba» paellas congeladas en la Barceloneta. Yo, con un visado que me exigía trabajar sí o sí, de lo que fuera, terminé de recepcionista en una agencia turística. Gestionábamos unos ochenta pisos, propiedad de un grupo de ricachones catalanes que preferían alquilarlos a turistas en vez de a locales como yo.

Así resistimos los que nos quedamos: vendiéndonos, explotando a otros y dejándonos explotar, carroñeando los despojos de la utopía. Otros aprovecharon las ayudas del gobierno para el retorno: todos esos migrantes que ni Catalunya ni España necesitaban más. El éxodo fue masivo. Así se deshizo mi comunidad, mi pequeña familia adoptiva barcelonesa. Me quedé sola y sin testigos, como si la ciudad se hubiera vaciado de golpe a pesar de la perpetua temporada alta.

Quizá por eso quise volver al Sureste Asiático, para ver si podía volver a sentirme acompañada entre extraños. Hace tiempo que siento que no pertenezco a nada ni nadie. Llevo las amarras sueltas. Arnau viaja conmigo, pero nuestra distancia parece incluso más inabarcable que la del Mekong. ¿Por qué?

Nada

Bordeando la costa hay un camino pobremente asfaltado, apenas ancho para un tuk-tuk. Arnau y yo lo seguimos sin expectativas.

Vemos a un grupo de hombres transportando, sobre sus cabezas, un colchón.

Una pareja blanca-malayo con un bebé y un cargamento de pañales en una moto con sidecar.

Vemos desechos esparcidos por el suelo: latas oxidadas brillando entre las plantas, plástico retorcido amontonado en contenedores del tamaño de barcas, botellas flotando entre los peces.

Vemos un letrero muy grande prohibiendo la ingesta de alcohol a los musulmanes, so pena de multa y latigazos.

Una cabina telefónica antigua enterrada en la arena, símbolo muerto de la humana predilección por las distancias cortas.

Se nos atraviesan dragones de Komodo de la talla de perros rottweiler, monos con delirio de grandeza, perros de verdad, lagartijas imposibles, aves, gatos. Uno de ellos, atigrado, se hace amigo de Arnau. Otro saca un pez del agua y se lo come rebozado en arena, venciendo los aletazos. Una serpiente cuelga, soñolienta, de una rama.

Vemos excavadoras y hormigoneras en reposo. Ningún trabajador en las inmediaciones.

Pienso en mi padre y los puentes, silos y casas que levantó, orgulloso, en nombre del futuro. Pienso en el disfraz de desarrollo bajo el que se esconde la devastación. Siento tristeza contemplando todos estos paisajes que un día tapizaremos con cemento para hacer resorts. A nuestros hijos les contaremos: antes aquí no había nada. Era todo verde.

El camino se convierte en una pasarela de cemento que abraza la montaña. Al asomarnos al mar, nos percatamos de la enorme cantidad de peces que nadan muy en la superficie; peces de todos los tamaños y colores, también azules como mi pelo, tal como vaticinó la mujer del hotel de Kuala Lumpur. Uno gigante, acelerado, se libra de una rémora desapareciendo en la distancia. Las nubes oscurecen los colores del agua. Hasta ahora seguíamos unas flechas hacia una cala llamada Monkey Bay, pero nos detenemos a medio camino. Tememos que la lluvia nos entierre en el lodo. Algo en mí sabe que ya no volveremos a intentarlo.

De regreso en el hotel, en el restaurante, los trabajadores cuelgan una sábana del techo de palma para proyectar lo que parece una telenovela. Hay algo en su camaradería, en su distensión de la recta final, que hace que Arnau y yo nos sintamos como intrusos en una casa ajena. Me tientan los *noodles* humeantes de la mesa vecina, pero no encuentro la forma de pedirlos sin sentir, a la vez, que estoy molestando.

Los truenos invaden la noche, pero no impiden que Arnau sueñe a mi lado. En espera de la lluvia, me recrimino no haber concluido el trayecto. Me hubiera gustado llegar a Monkey Bay solo para saber si soy capaz de concluir algo. Sin embargo, también comienzo a entender que, en una isla, todo regreso también es una forma de llegar.

Un dragón en el hospital

De pronto, Arnau tararea el tema de *Jurassic Park*.

Otra vez.

Desde que llegamos a Tioman, no para con la cancioncita.

Mi garganta es una cueva llena de quejas, pero logro contenerme para no gritarle que se calle.

Antes no era así.

Al principio de nuestra relación, la fascinación de Arnau por las aventuras y la ciencia ficción me intrigaba. Escribía cuentos inspirados en Vonnegut y tenía un conocimiento exhaustivo de K. Dick, Le Guin y otros autores que yo había ignorado porque qué pereza los marcianitos y los robots. Cada conversación con él era un planeta por explorar. Me hacía reír. La primera vez que nos fuimos a la cama, me sentí como escapando, ligera y plena, a un mundo diferente, bueno, emocionante, rodeado de estrellas en una galaxia *far far away*.

Pero ahora, de aquella magia solo quedan sus descoloridos *souvenirs*.

Arnau llegó a mi vida durante un túnel. Trabajábamos juntos en la agencia de publicidad que dejó para venirse conmigo a Asia. Yo intentaba ser redactora, pero el jefe no confiaba en que supiera escribir en español de España. Como sabía idiomas, me prefería de vendedora. Le dio a Arnau el puesto de *copywriter.* En aquel entonces yo estaba intentando convertir mis paranoias en poemas. Él pulía sus microrrelatos. Pasábamos horas en el Bar Virreina nomás debatiendo sobre una palabra, una coma o un tiempo verbal. Dejó de escribir cuando lo ascendieron a Project Manager y empezó a ganar mejor. Sus propios cuentos dejaron de emocionarle. También mis poemas. Ahora su prioridad era atender las necesidades de los clientes. Al cabo de nada me fui de la empresa, pero nos seguimos viendo porque yo seguí trabajando como redactora *freelance* y necesitaba a alguien que me corrigiera las mexicanadas. Había germinado el complejo.

En aquel entonces, yo atravesaba una relación amarga con un aspirante a escritor que pasó a mi historia con el apodo de El Tóxico. Fue mi relación tipo Sartre-Beauvoir, Rivera-Kahlo, Vilariño-Onetti. Con dramas, idealizaciones y engaños incluidos, pero sin la obra magna. Para El Tóxico, mi literatura era superficial y naíf porque la compartía en los *open mic* de los bares del Raval, a los que nunca podía acompañarme.

Por aquel entonces, yo tenía un papel pequeño en un teatro-cabaret del circuito *underground* de Barcelona. Las funciones del sábado eran lo que daba sentido al resto de mi semana. Al Tóxico le excitaba enrollarse conmigo en el camerino, en los baños, en los callejones; siempre al acabar la función, en los barrios que yo frecuentaba y cuando aún no me quitaba ni las pestañas. Meses después, me confesó la razón por la que nunca pisábamos sus escenarios. No quería arriesgarse a que sus ilustres amigos de alta envergadura literaria lo vieran a mi lado, una poetilla con ínfulas de actriz aunque de piernas tremendas.

Muchas lágrimas después, finalmente lo corté porque, como escribió Cortázar, «quererte es haber sido otra cosa». Me pidió veinte veces que volviera. Lo hice diecinueve, aferrada a la idea de que valorara mis textos, mis actuaciones. Sabía pelear por ello. Me había entrenado para ello a lo largo de mi vida al lado de mi padre. No lo conseguí.

No volvimos a hablar jamás.

En ese túnel, la sencillez de Arnau era una lamparita intermitente, de colores, con forma de cabeza de Stormtrooper.

Arnau me llevó al cine. Al principio me negué. Cuando recién llegué a Barcelona renuncié a ello. Es caro. Carísimo. Sentía que traicionaba un principio muy básico de mi vida en Europa: el de no malgastar en banalidades. Pero me invitó y fuimos a ver una película elegida por él. Yo habría preferido algo más raro, algo del Este y más al Este, solo por recuperar la lejana experiencia cinematográfica intelectualoide de mis años de universidad, cuando estaba convencida de que mi nombre figuraría, un día, en los créditos finales. Vimos una mediocridad con naves espaciales y especulaciones distópicas. Quizá debí tomarlo como un indicio, un augurio, mas no quise renunciar a la fantasía: el cine estaba lleno, él estaba ilusionado, había comprado palomitas y parecía normal ver una peli simplona en un cine VOSE en un barrio hípster de Barcelona. Y por primera vez en mucho tiempo, me sentí normal. No extranjera, ni exótica, ni inmigrante, ni precaria, ni sudaka. Simplemente, normal. Normal-bien. Normal-tranquila. Normal-segura. Tomada de la mano de un chico guapo y normal. Europeo. Catalán. Con la dosis justa de literatura y la dosis justa de normalidad.

Cinco años más tarde, me encuentro valorando si medí bien las dosis. O si, en realidad, lo de poner en equilibrio la balanza no era lo que iba a hacerme feliz. Quizá Arnau debió haber sido solo un tratamiento para el dolor. No es de sanos quedarse a vivir en el hospital, por muy bien que la traten a una. Un hospital no es un hotel ni mucho menos una casa. Arnau es mi hospital. Si sigue conmigo es porque yo se lo pedí; porque, en medio de un ataque de pánico, para que no se fuera, le prometí que iba a salir del túnel (pero ¿cuál de todos?), y porque gracias a mí puede visitar lugares que solía alcanzar solo a través de la ficción.

Envuelto en la espesura de la selva, Arnau levanta la vista esperando a que aparezca un dinosaurio, pero en Tioman no hay dinosaurios, solo un dragón.

Cuenta la leyenda que una princesa dragón china fue obligada a viajar a Singapur para casarse. Al sobrevolar Malasia, se enamoró del paisaje, del mar turquesa que se alargaba hacia el infinito, como si el mundo le extendiera una bienvenida. Al comprender que al lado de un marido no sería feliz, decidió quedarse allí, convertida para siempre en una isla. Los dos picos de Pulau Tioman son los cuernos del dragón-princesa.

Escobas y alacranes

A media madrugada, un ruido extraño me pone en alerta, unos tac-tac-tac diminutos. Hay algo vivo cerca. Me quedo muy quieta, tratando de ubicar la dirección del sonido. Pienso en los alacranes que mi mamá y yo matábamos en nuestra casa de Guadalajara. Cómo los rastreábamos entre las sábanas antes de dormir o dentro de los zapatos antes de ponérnoslos. Los perseguíamos armadas con escobas. A veces nos quedábamos despiertas hasta tarde, velando el descanso de mi papá y Pato, intentando hacer que salieran de su escondite, alteradas por la posibilidad de su picadura. Cierro los ojos y puedo ver, uno a uno, los frascos llenos de alcohol en los que ahogábamos a nuestros enemigos; cómo formaban un pequeño museo de los horrores en el clóset de los trastes de limpiar en el cuartito de la lavadora.

Busco a tientas la linterna. Enciendo y apunto hacia el sonido. Una lagartija se deja caer abruptamente sobre el tocador, justo encima de una bolsa de plástico. Grito. Arnau se despierta. Prende todas las lámparas. Perdón, perdón, perdón. Incrimino a la lagartija. No confieso que yo, con mi luz, la animé a lanzarse al vacío.

Arnau vuelve pronto al sueño. De vuelta en la oscuridad, saco el teléfono y le escribo a mi madre. Hace días que prometí hacerlo. Le pregunto cómo está y si siguen apareciendo bichos gigantes en la casa. Le cuento que en todos los hostales del Sureste Asiático te dejan una escoba en la habitación que, entiendo, es por si se te aparece uno.

Mamá
¿Ya revisaste los documentos de la herencia?

Mi padre, desde el más allá, interrumpe mi relato viajero.

No.

A falta de testamento, la ley dicta un reparto equitativo de los bienes, previo acuerdo entre las partes. ¿Revisar qué? A veces pienso que, de haberlo redactado, mi padre no me habría dejado ni gravilla. Es una triste ironía que la vida que nunca aprobó ahora vaya a estar auspiciada por sus silos y sus puentes. Así que me declaro conforme sin importar los matices. O eso creo. Se lo digo así a mi madre. Ansío dejar el tema bien atrás para que no arruine mi paréntesis tropical. Sin embargo, ella insiste en que estudie una propuesta alternativa que ha redactado mi hermano.

Mamá
No debes dejar que otros decidan por ti, Lula.

Mi madre, que jura no descansar desde que nací, hace treinta y seis años, siente que debe seguir matando alacranes a mi alrededor. Me explica que, reacomodando la casa, Pato encontró unas grietas en el cuartito de la lavadora. Quiere aprovechar para tumbarlo entero y que entre más luz.

¿Qué? ¿Y entonces dónde vas a poner tus cosas?

Inmediatamente, me avergüenzo de ese mensaje; he reducido a mi madre a una lavadora.

Mamá
Mis cosas están en otro lado, Lula.

¿Y si en lugar de tirarlo nomás lo arregla?

Mamá
Pues ya empezó a sacar los ladrillos.

La imagen de Pato borrando la caja fuerte de mi infancia me oprime el pecho.

Para mí, la «habitación propia» nunca fue un rincón fijo, sino una idea expandida. Podía ser bajo la cama o un hoyo en el jardín. Durante un tiempo, fue esa pequeña guarida de monstruos y escobas donde me refugiaba del mundo junto con mi mamá.

Una tarde, tendría yo unos ocho años, me animé a abrirle ese secreto a mi padre. Acababa de llegar del trabajo, olía a una mezcla de sudor y cemento. Lo llevé de la mano a esa esquina de la casa que nunca visitaba, a pesar de haberla diseñado él mismo. Abrí de par en par las puertas del clóset para que admirara mi colección macabra de alacranes rojos, negros, retorcidos, quemados.

—Papá, te salvé de morir mientras dormías —le dije. O quiero creer que eso le dije.

Él sonrió apenas, de ese modo que no sabía distinguir si era por aprobación o por burla. Me dio unas palmaditas en la espalda con la misma mano con la que sostenía los planos de sus obras y remató:

—Mira nomás, ya veo que sabes cuidar bien la casa.

Cuando algún miedo terrible me acechaba por las noches, mi superpoder antialacranes era la luz que me sacaba de la pesadilla. Tengo que recordarlo ahora, aquí, para aprender a velar también por el sueño de Arnau.

Por la mañana, busco por todo el bungaló a la lagartija. Quiero asegurarme de que no le he hecho daño. No la encuentro; como si nunca hubiera existido, como si se hubiera escondido de mí en su propio lugar secreto.

Pulau Tioman → Mersing → Johor Bahru → Singapur

Aceites, fronteras y otras conspiraciones

Hay fronteras que se cruzan como entrando a la casa de un viejo amigo. Otras, como pidiendo salvoconducto. La de Johor Bahru-Woodlands, casi tan transitada como la de Tijuana-San Diego, es de las segundas. Cruzarla es someterse a una prueba invasiva en la que cada gesto, palabra y pertenencia son escrutadas desde las sombras. Yo al todopoderoso pasaporte español me confío.

Los que viajamos con un pasaporte tercermundista valoramos los documentos primermundistas porque funcionan como un «ábrete sésamo». Bien sabemos que, muchas veces, nosotros hemos tenido que forzar nuestro paso, con el puño o rogando hasta la humillación. En ocasiones, nuestras manos se han quebrado antes de siquiera alcanzar el picaporte.

En el Sureste Asiático, no todos los países nos miran con buenos ojos a los mexicanos. Lo comprobé en 2012 en la frontera de Camboya y Tailandia. De un país a otro caminaban libremente el polvo, las gallinas y los europeos. Todos menos yo. Los funcionarios me gritoneaban: *Go away, lady!*, pero no daban razones. Finalmente, un buen hombre me explicó que en Tailandia, los mexicanos, pakistaníes y colombianos necesitábamos sí o sí un permiso previamente otorgado en una embajada. El mío había expirado semanas atrás, al salir rumbo a Laos. El desdén tailandés me golpeó como un puño en el estómago. Estaba acostumbrada a que me rechazaran los europeos y los gringos, no otros tercermundistas como yo. En mi delirio primermundista, olvidé que el país aplicaba normas distintas para mi exnovio checo y para mí.

Hoy, mi lugar de nacimiento está especificado en la hoja de datos del pasaporte español. Confío en que los singapurenses crean que México es España igual que los gringos creen que España es México.

Arnau y yo elegimos entrar en taxi en vez de en autobús a esa fortaleza del orden, tal y como nos recomendaron sus amigos del *poble*. El conductor es un chino encorvado de pelo gris llamado, según su tarjeta, Peter. Antes de subir, nos pide que confesemos si transportamos algo ilegal.

En compartimentos ocultos, por esta vía entran a Singapur productos tan terriblemente peligrosos como el tabaco. Fumar allí no es que esté prohibido, pero es un deporte caro y de riesgo. Los cigarros permitidos llevan un sello especial. Si la policía revisa tu paquete y considera que ha entrado de contrabando, quizá podrías evadir la cárcel, pero no la multa. De ahí el dicho popular: *Singapore is a fine country*, que juega con el doble sentido de la palabra *fine*: «multa» y «correcto».

Confío a Peter mi tabaco de liar como entregando las pruebas de un crimen. Cree que no tendremos problemas porque somos españoles. *Spain good people*, dice. *Barça! Madrid!* Aplaude. Pero que ni se me ocurra fumarlo en la calle, ni siquiera en los *spots* permitidos. Alguien podría acusarme con las autoridades. En Singapur, todo el mundo es un ojo. Guardo el tabaco en un tenis al fondo de la mochila. Ha resultado más sospechoso que mi doble nacionalidad.

—*Gum?*

Arnau le pasa los chicles que acaba de comprar en un Seven Eleven. Peter los lanza a la basura.

—*Illegal!*

El chicle está prohibido desde 1992. Les resultaba menos costoso prohibirlo que limpiarlo del espacio público.

En la cola del control fronterizo, Peter nos lanza la última pregunta de su examen:

—*Tell me the truth* —dice como quien plantea una cuestión de seguridad nacional—, *you cook with olive oil*?

—*Yes.*

—*Oh, no, no, no, no!* —Su asombro es como una metralleta—. *Not good. Olive oil: poison!*

Cuando les avisé a mis tías de Guadalajara que me mudaba a Barcelona, me advirtieron de lo mismo: Ni se te ocurra usarlo. Los españoles están locos. Cuando el aceite de oliva se calienta, es corrosivo, dijeron. Cuando he tenido que platicarles de mi cocina, he dicho que utilizo aceite de girasol. Para ellas, el mejor es el de maíz. Para Peter:

—*Coconut oil: best oil!* —sentencia con su dedo pulgar en alto.

Lo buscaré, le prometo. Prefiero guardarme el rumor, extendido en Europa, de que el aceite de coco es tóxico. Mi teoría conspiranoica es que, más bien, hay un lobby internacional de los aceites envenenándonos con prejuicios.

Tras una larga espera, llegamos a la revisión oficial del equipaje. Las manos del agente, enfundadas en un impoluto guante blanco, se hunden en nuestras mochilas, buscando una amenaza entre mis bragas y los calcetines sudorosos de Arnau. Luego, con una precisión robótica deja el contenido como si nunca lo hubiera tocado. Mi tabaco permanece a salvo. Quizá a propósito. Al terminar, nos dice con un ensayado tono diplomático: *It's the protocol, dear visitors. Welcome to Singapore.* Afuera, el país nos recibe con una modernidad quirúrgica que evidencia el caos de Johor Bahru, como una revancha silenciosa contra la Malasia que los expulsó.

Malasia es el tercer mundo. Singapur, el primero. Como en toda frontera marcada por la desigualdad, la mercancía más importante son las personas. Decenas de miles de malasios entran por la mañana para seguir manteniendo la utopía. Por la noche, regresan silenciosos a sus hogares, donde el panóptico singapurense ya no alcanza a verlos.

Relatos de ninguna parte

Olga Tokarczuk tiene razón: las guías de viaje han causado un daño enorme. Con su insistencia en que el paisaje de la postal existe o publicando fotos que parecen el set de una película hollywoodense de kung-fu. Con sus descripciones de una tal gente local, de ojos misteriosos y sonrisa triste, que sueña con conocerte y compartirte su comida y sus dioses. La guía que heredamos de los amigos catalanes de Arnau tiene, además, sus propias anotaciones en bolígrafo azul: Singapur → lo más europeo de Asia!!!; Marina Bay → igual de hortera que las fuentes de Montjuïc 😐; Edificio Titanic → carísimo!

También acierta Martín Caparrós cuando afirma que «sobre cualquier cosa hay un relato americano». Estadounidense, quiere decir. Y en esta costumbre de narrarnos el mundo a todos los demás, suma a ingleses y franceses. Para ellos, escribe Caparrós, viajar es sencillo debido a que siempre hay uno de sus compatriotas que ya lo ha visto y vivido todo. No hay lugar en el mundo que no haya sido leído, interpretado y compartido por uno de sus bisabuelos forjadores de imperios.

En su guía turística, los colegas de Arnau nos legaron su relato español/catalán.

El relato catalán suma y enriquece al español, pero a fin de cuentas forma parte del relato español. Muy a pesar de los catalanes.

El relato español enriquece al relato europeo. Muy a pesar de Europa.

Todo territorio está mapeado con la brújula del relato primermundista.

Para Caparrós, cada uno de sus periplos por el planeta le confirmaba que él, como argentino, carecía de referentes. Así que debía inventarse la mirada y «armarse todo el tiempo la propia tradición». Y es que no todo tiene un relato tercermundista, apenas lo estamos escribiendo. Las voces periféricas trabajamos con patrones incompletos, inexactos. Con esos fragmentos heredados, más los propios, trazamos nuestro lugar en el mundo y al mismo tiempo irrumpimos, con nuestra huella, en la escritura de la memoria colectiva.

Un día se hablará de nosotras en primera persona. Seremos nosotras hablando.

La primera vez que vine a Asia, pedí consejo a una antigua *roomie* colombiana. Ella había hecho el trayecto turístico básico tailandés: Bangkok, Chiang Mai, Chiang Rai, Koh Samui, Koh Phangan. Me dijo: Bangkok es como Bogotá, seguro a ti te recordará al DF.

¿En dónde encaja mi relato: en lo latinoamericano, lo mexicano, lo hispano o lo barcelonés?

El mío es un relato tercermundista. Y migrante. Y privilegiado.

Entonces, ¿es algo así como un relato segundomundista? ¿Primer-tercermundista? ¿Cuartomundista?

¿Qué mundo habitamos los de ninguna parte?

Singapur

Ezequiel

De Singapur hay un relato mexicano: el de Ezequiel. Y de Ezequiel hay un relato mío.

Cuando esperábamos el ferry en Tioman, una familia alemana nos contó de lo increíblemente fastuosos que eran los centros comerciales de Singapur: climas y cascadas artificiales, arquitectura futurista, jardines colgantes, casinos, spas, pantallas imposibles y luces, luces, luces. Nos dijeron que Singapur no les había gustado porque era muy caro, y que para ver bancos y *shopping malls*, mejor quedarse en Alemania. Ellos habían venido hasta aquí para ver *the real Asia*.

—¡No sabía que *the real Germany* incluía bancos y *malls*! —exclamé con acidez—. Pensaba que solo mujeres rubias y tetonas cargando jarras de cerveza.

Hicieron como que no entendían mi inglés y se marcharon en busca de su *real Asia*, arrastrando por un camino fangoso su colección de maletas Louis Vuitton.

Empecé entonces a cuestionarme cómo Quiel había podido sobrevivir en aquel ambiente de plástico y foquitos LED, conociéndolo como lo había conocido. Ese jovencito de rastas junto al que anhelaba, cuando teníamos quince años, recorrer el mundo de mochila; el que me decía, después de clases, sentados en el estacionamiento del Oxxo afuera de la prepa: Tú y yo nacimos tarde.

Como tapatíos de los noventa que somos, Quiel y yo pasamos nuestra adolescencia entre la misa y la plaza –entiéndase *plaza* en mexicano: un centro comercial–. Dábamos vueltas de una punta a otra mirando ropa inaccesible para nuestros bolsillos. O, como era mi caso, porque la talla L no era lo suficientemente L. A veces entrábamos al cine, a veces jugábamos a las maquinitas, a veces simplemente nos aburríamos tomando helado porque el entrenamiento en el capitalismo global era repetitivo y las maniobras del ligue todavía eran un suplicio más que un disfrute.

Un día, Quiel me dijo que odiaba Plaza Patria porque le recordaba a una niña que lo había bateado ya dos veces. Le propuse cambiar, ir a la que ya nadie iba por anticuada: Plaza del Sol. Allí no había cine ni climas artificiales y tenía la única tienda de discos en la que los dependientes no me odiaban por pasarme horas escuchando la música que nunca compraba.

–No –dijo Quiel con todo el melodrama de nuestra sangre mexicana–. Ni para qué moverle. Cualquier plaza me la va a recordar a partir de ahora.

Era su primer amor adolescente, el primero, el que no fue.

–¿Qué quieres hacer entonces?

Ese sábado descubrimos la ciudad en la que vivíamos. Otra ciudad, más colorida, más nuestra. Salimos a la avenida, preguntamos por el número del camión que nos llevaba al centro y bajamos en lugares que solo habíamos vislumbrado desde el coche de nuestras madres. A partir de ese día, cada fin de semana lo mismo: nos dejaban en la plaza de turno y de ahí, autobús, trolebús o tren ligero.

Como exploradores sin mapa, Ezequiel y yo cartografiábamos el espacio con cada ruta nueva. Nos gustaba perdernos, descubrir sitios como el panteón de los recién casados, el parque de los árboles llorosos, el mercado chamánico. El peligro era algo ajeno. Eran otros tiempos y nosotros tampoco éramos ni blancos ni rubios como para pasar por niños fresas secuestrables. Menos con nuestras pintas de miembros de una secta tropical: camisetas de batik, collares y pulseras de semillas de sandía confeccionadas por nosotros mismos y pantalones holgados de la tienda hindú que se desteñían al primer lavado. Yo peinaba mi espesísimo, largo y negro cabello en trenzas a las que enredaba plumas y ámbares. Quiel se hizo unas rastas que ofendieron a mi padre. ¿Cómo puedes juntarte con ese andrajoso?, me decía.

Uno de esos sábados, encontramos el Tianguis Cultural, un caldo de tribus urbanas –hippies, punks, brujas, intelectualoides, yoguis y metaleros, entre muchos otros– que conseguía ahí sus tesoros: discos y películas pirata, ropa hecha a mano, libros usados, joyería artesanal, pósteres y marihuana. Ahí conocimos a nuestro primer grupo de teatro: unos chicos, dos o tres años mayores, que nos reclutaron como asistentes y que luego nos enseñaron impro callejera. Montábamos escenas en las que criticábamos al partido en el gobierno, la impunidad del expresidente Salinas —que se había largado al extranjero con dos terceras partes de las arcas mexicanas— y la falta de alternancia política. Ese era el discurso que a finales de los noventa calaba en el país. Sobre todo entre nosotros, el «futuro» de México. En aquel entonces, yo escribía con frenesí: escenas, panfletos, poemas. Con nuestras representaciones sacábamos las monedas con las que pagábamos los tacos y el viaje de regreso al siempre aséptico e inocuo centro comercial, donde nos recogían nuestras madres.

Cuando mi papá descubrió nuestras aventuras, nos sermoneó sobre el riesgo de andar solos en el centro. La inseguridad no tiene que ver ni con la clase social ni con el color, dijo. Pero su mayor cuestionamiento fue para nuestro odio a las plazas. El poder adquisitivo era, en sus ojos, la aspiración sobre la que se sostenía la madurez. Ante el escaparate de una tienda de lujo, me señaló: Mira bien todo esto. Algún día podrás comprar algo así. Eso es la libertad, hija. Hoy supongo que, además de ser una mentalidad propia del adulto que bailó sobre el cadáver del satánico comunismo, también era el ideario del hombre que, a pesar de su infancia marginada, logró levantar un negocio propio con el sudor de sus manos y los sacrificios de su santa madre. La última generación funcional del capitalismo. Pero en aquel momento yo solo pensaba en la consigna que habíamos pintado en la casa del gobierno: ¡La cultura no se vende!

No nos convenció. Quiel y yo preferíamos la plaza donde podíamos gritar proclamas, no la que nos restregaba en la cara el último grito de la moda. Y, en secreto, guardábamos monedas en una caja de zapatos para escapar de ahí nomás cumplir dieciocho.

Sin embargo, nos venció la inercia del deber.

Hicimos las pruebas de la universidad y nos matriculamos en Comunicación. A pesar de su obstinación en que siguiera sus pasos en la construcción, mi padre accedió. Le parecía lo menos inútil dentro de lo inútil. Insistía en que si estudiaba teatro acabaría prostituyéndome. Y si me decidía por letras tendría que mantenerme de por vida. Para él, un artista, cualquier artista, era un drogadicto con pretensiones, la lacra de la sociedad, un bueno-pa-nada. Así lo decía y así se refirió, hasta el día de su muerte, a Ezequiel.

Durante el primer año, Quiel y yo nos vimos muy poco, a pesar de tener todas las clases juntos. Él faltaba mucho. Yo me metí en otro noviazgo, esta vez bastante serio con un chico cuya realización personal dependía de casarse al terminar los estudios y ocupar un puesto directivo en la empresa familiar.

—Me voy al ensayo, ¿vas a venir o no? —me preguntaba Quiel en los pasillos.

—¡Pero si tenemos examen!

—Nos da tiempo a volver.

—No sé...

—Vas a terminar convertida en uno de ellos, Lula —me decía antes de marcharse.

Un día ya no volvió. No me sorprendió que dejara la carrera, pero sí que se alejara de nuestra pequeña compañía de teatro urbano. Temí que me escribiera desde otro continente, mientras yo seguía en Guadalajara, aprendiendo a planchar camisas y defendiendo la performance como un arte escénico respetable en artículos que nadie se leía, con mis sueños enmoheciéndose en la caja de zapatos.

Ya lo que sigue es la historia de nuestra separación: Quiel, de los grandes teatros de Guadalajara a los teatros alternativos del DF; luego a Singapur con una beca; a Europa con una novia; de nuevo a Singapur con un trabajo en el mismo instituto que lo había becado. Yo, a mis planes: dejar esa licenciatura mediocre; irme a vivir al sur de América –donde había nacido la literatura que entonces me apasionaba: Pizarnik, Huidobro, Parra, Cortázar, Vallejo– y concluir mis dos o tres proyectos literarios. De aquello, lo que cumplí fue lo de permanecer soltera, dejar Guadalajara y escapar, al menos físicamente, del yugo de mi padre.

Quiel vino a Barcelona hace unos diez años –él está seguro de que hace ocho– con una novia bailarina que tenía. Presentaban un espectáculo conjunto. En ese entonces, él vivía en Bruselas, de donde era ella. Nos vimos apenas para un café. Habló ella más que él. Más que yo. Quiel y yo la dejamos hacer tras un pacto con la mirada. Toda la información que yo obtuve en aquel encuentro se transformó en basura biodegradable. Ellos cortaron al volver a Bélgica. Quiel me lo contó en un mail en el que también me decía que le hubiera gustado pasar más tiempo conmigo, que me había visto contenta y que mi vida le parecía interesantísima, que fuera a verlo.

No teníamos ni treinta años entonces. Todavía no conocía a Arnau, ni al checo, ni al Tóxico, ni se me había aparecido Asia en el horizonte. Vivía en un piso destartalado del Poble

Sec con un ejército de italianos artistoides exiliados del berlusconismo. Queríamos cambiar el mundo pero no teníamos ni guion ni público, solo mucha resaca. Trabajábamos en un bar hasta entrada la madrugada. El sueldo era miserable, pero la fiesta compensaba. Tenía problemas para renovar los papeles y me causaba insomnio pensar en volver a Guadalajara. A mi padre. Invertía mis noches trazando planes B que me llevaban ahora a Chile, ahora a Uruguay, ahora, finalmente, a dar la vuelta al mundo. Fumaba muchísimo. Tosía como una motocicleta vieja, pero no lo dejaba por temor a engordar. Estaba escribiendo una novela sobre una revolución estudiantil, un mayo del 68 trasplantado al siglo XXI, en Barcelona y liderada por latinoamericanos. En resumen, en mi vida no había más que humo.

Ezequiel me encontró así, con la piel gris y el espíritu extraviado. Él, al contrario, brillaba junto a una actriz rubísima, alta y de ojos azules –doble triunfo para el mexicano promedio–, en «uno de los mejores espectáculos del año», según la prensa, «una visión mordaz y vanguardista del siglo XXI». Le prometí que lo visitaría, pero no lo hice.

Las cosas no han cambiado mucho desde entonces. Ahora tengo a Arnau y también un poco de poesía. No obstante, siento que camino en círculos, mirando en los escaparates mis sueños bien empaquetados, brillantes pero marchitos. Siento que mi reencuentro con Ezequiel en Singapur será como enfrentarme a un espejo. Él verá el lado oxidado de su historia. Yo, lo que no logré. Sin embargo, a pesar de la vergüenza, cuando pienso en él puedo ver mi rostro antes del miedo.

Cien palabras tuyas

Romper los protocolos asiáticos con un abrazo en mitad de la calle.

No, con un apapacho.

Del náhuatl *papachoa*: ablandar algo con los dedos, acariciar el alma.

Intuyo, en el tacto, un hilo que el tiempo no ha roto. Ezequiel. Su sonrisa al verme es un recuerdo vivo, así que me dejo llevar por ella como si estuviera volviendo a casa. Sigo la voz de mi amigo como se siguen las promesas.

Su departamento tiene el aroma de la jícama, aliñada con el limón y el chile de nuestra infancia, y de un mezcal que no sé cómo ha conseguido aquí. Ezequiel sirve la cena: un *char siu* cocinado por él mismo aderezado con nombres de antiguos compañeros de la escuela y las calles que nos vieron crecer. La cena se convierte en un ritual de desentierro y descubrimiento. ¿Quién eres ahora? ¿Quién soy? Te veo, nos reconozco. Recorremos el pasado como ignorando que la ciudad en la que crecimos ya no existe. Hasta que Ezequiel exclama, entre la resignación y la rabia:

—¡México se fue a la chingada!

Hace mucho que no me juntaba con otro hijo de la chingada. Nadie a mi alrededor usa esa frase; ni muchas de las que pronuncia Quiel, propias de un México congelado en su lengua migrante. Un español atrapado en el día de la fuga. El mío, en comparación, suena amorfo, moldeado entre el territorio materno, el adoptivo y el de la resistencia.

Tras chuparnos mucho los dedos y engullir el postre —un arroz con leche al estilo de su abuela veracruzana—, Arnau se va a la cama. El viaje ha sido largo, se excusa.

Al fin solos, Quiel me dice:

—Siento mucho lo de tu papá. Me hubiera gustado poder acompañarte.

Utiliza esa voz melosa que reservan para los huérfanos las personas que aún tienen padres. Intenta tomar mi mano pero no lo logra. Aunque cerca, estamos todavía lejos.

—El día del funeral…

Detengo mi relato de golpe. Recuerdo la ley de la hospitalidad que dicta que no hay que exponer los dramas propios en casa ajena. Me doy cuenta de que mi cuerpo está desparramado sobre el sofá con una confianza antigua. Me impide distinguir si el Ezequiel de ahora es el mismo de antes. Intento enderezarme. Así me encuentro con sus ojos: los mismos de la época en la que intercambiábamos secretos. O eso me parece. Entonces, con la fe de quien cree que ha encontrado un refugio, le cuento:

—La mitad de la familia no llegó. Les dije de todo por teléfono: cabrones, insensibles, egoístas. Sé que está mal hablarle así a la familia, pero no pude contenerme. Mi hermano tuvo que calmarme. Es normal, me dijo, lo sensato cuando hay un narcobloqueo es no salir.

Junto al cuerpo de mi padre, tres autobuses de pasajeros ardieron ese día en diferentes puntos de la ciudad. Nuestra marcha fúnebre fue el estruendo de las balas, el zumbido de los helicópteros y el canto de ambulancias y patrullas que se extendió hasta bien entrada la madrugada.

–De habernos quedado en Guadalajara –dice Ezequiel–, también veríamos normal que nos balearan porque «cuando te toca, te toca».

–¡Esa misma frase utilizan mis primos!

–Y luego te echan carrilla por miedoso y por pendejo.

–¡Tal cual!

Soltamos una risa amarga, como si fuera nuestra única forma de expresar la impotencia.

–¿Extrañas México? –pregunta. Siento que busca en mí una respuesta que no ha podido encontrar por su cuenta. La experiencia me ha enseñado que hay que responder a eso sí, siempre sí. Sobre todo si quien pregunta es otro migrante. Extrañar tu país no solo nombra la ausencia, sino que incita al vínculo. Decir que no es una traición a la raíz, a la memoria; y te convierte en esa clase de migrante que los demás evitan porque, además de perder la patria, has perdido el corazón.

Mi repertorio de respuestas acumula una larga lista de evasiones. Pero esta noche, por un motivo que tiene que ver más con la sangre que con la razón, me decido por la pura honestidad.

–No –digo con rotundidad–. Quizá el mar. La comida a veces. La fruta, sobre todo: las papayas, las guayabas... La fruta en Europa sabe a cartón mojado.

–¡Tú sí me entiendes! ¡Yo tampoco lo extraño! –Solo que en Singapur, Ezequiel no tiene ese problema con la fruta–. Volvería nomás a presentar alguna obra o a dirigir un espectáculo. He viajado así a un montón de ciudades, pero hasta ahora a México no le ha interesado.

Ezequiel quiere ser el hijo pródigo. Que le extiendan la alfombra roja en los escenarios que le quedaron por pisar. Que lo reverencien quienes lo ignoraron. Y sin embargo, esta vida en Singapur que empiezo a conocer no da indicios de ese vacío casi rencoroso. En medio de su sala, nos observan los múltiples Ezequieles que cuelgan de sus paredes verde limón: el bailarín, el actor, el director. Todos dando cuenta de su papel más logrado: el del triunfador.

—Esa es la primera obra que dirigí aquí: *Romeo y Julieta* —me dice, señalando el póster más grande de todos.

Suelto una exclamación de asombro seguida por una sarta de preguntas que él responde con entusiasmo. Yo dejo que la enumeración de sus trofeos llene el espacio que sus pósteres no alcanzan. Así gano tiempo para armar en mi interior un discurso que justifique mi fracaso, por si acaso me pide que le exponga mis piezas sueltas.

—Bueno, ¿y tú? Cuéntame de tu vuelta a los escenarios.

No hay tal vuelta, contesto, pero internet es un túnel de acrílico inverso: las cosas se ven más grandes de lo que en realidad son.

—Son solo recitales de poesía en bares y teatritos *underground*. Nada más. —Lo digo como quien se sacude las migas de la camiseta.

—¡Pero te estás volviendo una experta en microdramaturgia, Luli!

Ezequiel elige ver en mis migajas el sendero que conduce a la casa de azúcar. Me pregunto si realmente lo cree o lo dice para levantarme el ánimo.

—Recítame un poema de esos tuyos, ándale. Ese que dice «nos quieres limpiar la sangre y las ideas».

—No.

Pero él y cada uno de sus pósteres insisten.

Me levanto. Lo dejo con un video mío de un recital en Barcelona. He visto esas imágenes cientos de veces, a oscuras y con los audífonos puestos en el baño, pero hoy mi propia voz me molesta. Salgo al balcón buscando un aire menos sofocante, aunque quizá igual de viciado que el de dentro. Estoy liándome un cigarro cuando Ezequiel me alcanza. Recuerdo las advertencias sobre el tabaco en Singapur y me preparo para la reprimenda, pero, al contrario, me pide uno.

—Tienes suerte de vivir en un lugar donde puedes expresarte así —dice con un suspiro—. En Singapur eso es imposible. Aquí las artes reciben una fuerte financiación pública. A cambio, el gobierno lo supervisa todo: las narrativas, los libretos, los montajes, los mensajes. Los artistas no se arriesgan, por eso no hay crítica política desde el arte. Y si la hay, terminas entambado —me explica—. El partido que gobierna es tipo el PRI, y tú y yo sabemos qué tipo de democracia es esa.

La dictadura perfecta. Así definió Vargas Llosa al régimen que nos gobernó durante 71 años. Uno que, al no necesitar una figura de carne y hueso, tenía el potencial de ser eterno.

—Con el PAP pasa algo así —continúa Ezequiel—. Esos güeyes mandan desde antes de que Singapur se separara de Malasia. Todavía nadie les dice «dictadura perfecta», pero sí «democracia defectuosa». Todo es una farsa. Menos la censura.

—Podrías hablar de México.

—Sí y no.

—¿Por qué no?

—Porque a los mexicanos no les gusta que alguien que ya no vive allí les señale los defectos. Y tal vez tienen razón. Yo no sé vivir ahí ya. No entiendo que cada salida con tus amigos signifique un acto de valentía. Que un repartidor de pizza ponga en riesgo su vida nomás por hacer su chamba. A ti y a mí no nos tocó ese miedo; crecimos en la ciudad más aburrida del mundo. Ahí está el dilema. Aquí no voy a caer en un fuego cruzado. El miedo más grande que tengo es que mi vecino me acuse con la policía por fumar y que me multen. Me puedo ir de vacaciones un mes, dejar mi depa sin llave y cuando regrese aquí seguirá todo.

—¡Eso ni en Barcelona!

—A cambio, vivimos bajo un microscopio. Y yo, ¡con la hueva inmensa de dirigir *Romeo y Julieta* una y otra y otra vez!

En Ezequiel queda el brillo del muchacho que organizaba marchas contra el PRI a final del milenio, pero el hombre al borde de la cuarentena que es hoy vive en el doble filo del paraíso controlado. No es hipocresía, es supervivencia, pienso para excusarlo. Quizá porque yo también me he aclimatado a un sitio que me permite hablar para que olvide que sentadita estoy más tranquila.

—¿*Romeo y Julieta* sí es inofensiva?

—100 por ciento aprobada siempre y cuando no cuente otra historia que no sea la de un amor prohibido entre chavitos.

—¿Qué quiere decir eso?

Que una vez intentó cambiar los apellidos Montesco y Capuleto por las siglas de dos partidos políticos y casi pierde el empleo.

Quiel me cuenta esta anécdota con mucha enjundia, agitando las manos, estirando los brazos, levantándose en el álgido momento en el que los alumnos defendieron su postura, e imitando la actitud y acento del productor que le preguntó si de verdad valía la pena arriesgarlo todo por un capricho progresista. *This is not Mexico*, le dijo. No supo si era un halago o un insulto.

Suspiramos.

Sentados en su balcón, Ezequiel y yo dejamos que la noche nos atraviese, pasándonos un cigarro como cuando teníamos dieciséis y fumábamos marihuana en el jardín de una casa de adultos ausentes. En su teléfono suenan, muy bajito para no molestar a los vecinos, canciones mohosas. Fumamos de mi tabaco de liar. Nunca fuma, confiesa, pero hoy le apetece. Tengo la impresión de que hemos desenterrado una versión de nosotros que, sin saberlo, echábamos de menos. O quizá es que en realidad sí extrañábamos México, pero no el de los símbolos patrios.

—¿Puedo decirte algo? —Ezequiel rompe el silencio. Su voz anuncia un cambio de guion. Y de repente, veo en él un personaje nuevo—. Estás bien pinche bonita en ese video del poema, pero, la neta, estás más bonita ahora.

Sus palabras me desarman y, a la vez, me devuelven la conciencia de mi cuerpo. En un acto reflejo, trenzo los brazos. Rodeo con ellos mi panza, que en ese momento siento tan inflada como una sandía. Él se me acerca y pone sus manos donde puede, donde le dejo, el antebrazo, quizá un codo. Como si quisiera disipar las nubes, me dice:

—«Aún no han bebido cien palabras tuyas mis oídos y aun así, ya te reconozco».

Shakespeare intenta deshacer mis nudos, pero al final, no logro abrirme para recibir a ese Ezequiel que empieza a soltar capas. Como yo. Siento su cuerpo rodearme en un abrazo que, esta vez, ya no reconozco. Ocupo todo mi esfuerzo en evitar el llanto para no arruinar el momento. Estaba siendo bien pinche bonito.

Trilogía de la autenticidad: cempasúchil

Los chicos se levantan temprano y desayunan juntos. Luego, Quiel se va a trabajar. No me despiertan para protegerme de mi propio desvelo. El eco de mi conversación de anoche con Quiel hizo amistad con mi insomnio. Cuando salgo al comedor, está todo dispuesto: café, huevos, yogur, mangos y papaya. Arnau repasa sus fotos, sentado en el balcón con las piernas estiradas en la barandilla. Ezequiel ha traído la fruta para nosotros esta mañana, me informa. Antes de salir a la calle, yo ya me siento pletórica.

Quiel vive a unos diez minutos andando de Little India. El barrio está vestido como si le hubieran llovido los colores. Es el Deepawali, una especie de año nuevo hindú. Las calles y comercios están decorados con pavorreales gigantes y arcos de flores. En una explanada han levantado un animado tianguis en el que exponen artículos para la festividad: lamparitas de aceite, ropa tradicional, joyas, especias, dulces, rangolis... Un escenario anuncia que, al atardecer, todo será danza y música.

El epicentro de la celebración es el templo Sri Veeramakaliamman, cuya fachada impresiona por su intrincada decoración tridimensional de figuras mitológicas. A Arnau y a mí nos absorbe su alegría. Los devotos ofrecen flores, fruta, incienso y briks de leche a la diosa Kali. Esa sinfonía de texturas y rumores es algo completamente nuevo para mí. Y sin embargo, un destello me es familiar. Entre los muchos ramos acomodados al pie de un altar, creo reconocer una flor. Me acerco para olerla. Aunque la amalgama de perfumes que desborda el sitio dificulta la tarea, mi memoria reconoce la fragancia. Pero es sobre todo su radiante color naranja lo que me hechiza.

De repente estoy a miles de kilómetros de allí, decenas de años atrás, una niña pequeña ante su primer altar. Mi madre, a mi lado, guía mi mano hacia dónde colocar las velas, las calaveras, el pan. Puedo escuchar su voz con claridad: «Con estas flores marcamos el camino de nuestros muertos para que sepan volver a casa».

—*Genda* —pronuncia una señora a mi lado. Yo, de súbito, separo mi nariz de las flores. Creo que me regaña por alguna ofensa involuntaria. Repito su palabra con una interrogación, temiendo que quiera echarme del templo—. *Marigold* —dice entonces, como si me tradujese un secreto sagrado que ambas compartimos sin saberlo—. *It's a typical Indian flower* —añade.

—¡Ah! ¡Cempasúchil! —pronuncio yo el nombre con el que la conozco—. ¡Es cempasúchil! —Me giro, emocionada, hacia Arnau, pero él está hipnotizado por lo que ve a través de su lente.

La *cempoalxóchitl* o cempasúchil es la inconfundible flor naranja con la que en México veneramos a nuestros seres queridos el Día de Muertos. Su nombre significa «flor de veinte pétalos». La historia trasladó esta planta desde Mesoamérica hasta la India pasando primero por España. Allí la llamaron «clavel de moro». Por su exotismo, mucho tiempo se pensó que provenía de África. El error se transmitió por toda Europa al grado de que en República Checa la llaman *afrikán*. En la India, su intenso color animó a las personas a utilizarla en sus rituales religiosos hasta que, finalmente, tomó un papel sobresaliente en sus festividades.

Singapur siempre fue un puerto clave en las rutas comerciales asiáticas. Los indios de la India ya lo visitaban desde mucho antes de la colonia. Sin embargo, no hubo asentamientos significativos sino hasta el siglo XIX, cuando los ingleses exploraron su geografía. Los británicos, que controlaban la India desde un siglo atrás, traían trabajadores de allí para sectores como la construcción y la seguridad policial. Con ellos, migró a Singapur también el cempasúchil.

Genda, en hindi, significa «flor santa». En la India, evoca el renacer. De allí que abunde durante el Deepawali. Las culturas prehispánicas de Mesoamérica, por su parte, la relacionan con los muertos. Su luz y aroma guían a las ánimas al otro mundo. O al nuestro, cada 1 y 2 de noviembre. Si se mira bien, en realidad, en ambas culturas se trata de tener fe en el renacimiento.

—*It's a typical Mexican flower too*—le comparto a la señora. Siento una chispa de agradable sorpresa en su reacción, pero no le explico el origen de la planta. Creo, firmemente, que origen no significa pertenencia.

Larga distancia II: camisas

Mi mamá ha volcado todos sus esfuerzos en mantener la casa en pie. Lo ha estado haciendo sola, buscando ocupar su mente en algo más que su reciente viudedad, pero pronto se ha dado cuenta de que le faltan manos. La casa demanda la atención de un ser encaprichado con la inmortalidad.

Como «hombre de la casa», aliviar los desperfectos era responsabilidad de mi padre. La casa era su proyecto, su pulso y su templo. Él la había construido y por él se mantenía grandiosa. Solía dedicarse a ello los fines de semana, con el fútbol como telón de fondo y los fogones de la cocina ardiendo al cuidado de mi madre. Cuando nació mi sobrino, se unieron a ese ritual doméstico mi hermano y su familia. Yo los acompañaba a veces, envuelta en cobijas o sobre un pareo en la playa, vía internet. Mi sobrino gateaba o correteaba por el jardín, la sala o la cochera, con un martillo de juguete y un casco de constructor. En esa tierna reproducción suya tamaño infantil, mi padre veía «lo que no tuve en mis hijos». Así lo afirmó una vez, en voz alta y sin pudor. Pato, de espaldas a nosotros, intentaba reparar un grifo de la cocina que goteaba. No dijo nada. El estruendo metálico de las herramientas contra la superficie del lavadero indicaba que los deterioros eran graves. Aun con toda la energía que invertía Pato en complacerle, una persona tan torpe y, para colmo, negada para los números estaba lejos de encarnar el ideal de mi padre.

—¡No hay cómo darle gusto! —se me quejó días después.

—Bienvenido a mi mundo, hermano —dije, intentando aligerar sus ánimos . Yo vivo así desde tiempos inmemoriales.

—La diferencia es que a ti se te resbala.

Hoy, Pato está allí, de nuevo en esa casa grande. En la habitación principal arregla las bisagras oxidadas de unas puertas. Me llaman desde un iPad nuevo que le ha regalado a mi mamá, con una resolución de lujo, que alcancemos a verte todos los granos de la cara, me dice con sorna. Intento no reaccionar a eso.

—¿Dónde estás? —pregunta mi madre.

Ya en Singapur con Ezequiel —les cuento.

Mi hermano, al oír su nombre, gritonea con ese tono barbaján que le detesto:

—¿Con el bueno-pa-nada?

Menos mal, Quiel no le oye. Ha ido a la cocina a preparar jugo de piña.

Cuando Pato tuvo la edad suficiente para sostener un martillo de verdad, adquirió la costumbre de llamarme gorda y burlarse de mis intereses y amistades. Ya en la adolescencia, replicaba los calificativos con los que nuestro padre se refería a Ezequiel. Con un pie sobre el balón de fútbol, Pato se mofaba de nuestra pasión por el teatro. ¡Todos los actores son putos!, me decía. Y todas las actrices son pu... Luego se iba corriendo, jactándose de su ingenio. Mi padre le reía las gracias y le chocaba la mano. Mi mamá me pedía paciencia: es solo una etapa, así son los niños.

El iPad debe devolverles mi hastío en altísima resolución, porque Pato replica:

—Ay, ya Lula, bájale al drama. Es un chistecito nomás. No aguantas nada.

Quiel vuelve. Pone un vaso en mi mano y saluda con un efusivo hola. Veo a Pato transformarse en el adulto funcional que se supone que es y devolver una cordialidad automática. Lo sencillo que le resulta disimular las grietas con extraños delante.

—¡Estás igualito a la última vez que te vi! —le comenta.

Quiero creer en la honestidad de ese cumplido; aunque no creo que realmente recuerde el momento. Esa última vez tenían diecisiete y veinte años. Yo había obligado a Pato a ir al estreno de la última obra que protagonizó en Guadalajara.

Mi hermano apunta la cámara a mi sobrino, que ya está enorme. Cinco años que parecen siete. Ahora a mi madre, sentada ante su vieja máquina de coser. Ella le pide a Quiel que le agradezca a su familia su asistencia al funeral y las flores. Luego, le lanza una retahíla de preguntas: que si le gusta más Asia que México, que si les llama seguido a sus papás, que si han ido a visitarlo, que si extraña Guadalajara... Le envía una ristra de bendiciones.

—Ustedes no saben cómo sufrimos nosotras al tener a nuestros hijos lejos —le dice a él para que la escuche yo.

Quiel mutea nuestro micrófono y me dice, sin dejar de asentir y sonreírle a mi madre:

—Mamás mexicanas, ¿eh? La mía es igual.

Sonrío.

Se despide mandando besos. Me deja a solas con ellos como si supiera que necesitamos tiempo de calidad. Si es que a ese parche de píxeles se le puede considerar «de calidad».

Como si ellos también me hubieran muteado a mí, de repente estamos todos en calma. Mi sobrino intenta llenar de colores las barrigas de unos osos de papel. Mi hermano sigue hechizado por el canto de la puerta. Mi madre repasa unos patrones. Por un instante, es como si estuviera pasando la tarde con ellos, intentando no interrumpir desde una esquina solitaria de la cama. Es mi mamá quien rompe el silencio. Me presume de lo bien que sabe todavía coser. Con las viejas camisas de mi padre, está confeccionando un muñeco para mi sobrino, un osito. Lo acerca a la cámara para que aprecie el zurcido invisible. Aprendió con un vídeo de YouTube que le compartió mi cuñada.

La figura me parece un poco inquietante. No el oso como tal, pero sí su destino: ¿un tótem en la estantería? ¿Entre las almohadas, para que sean los muertos quienes velan a los vivos?

Puedo oler el aroma de las camisas de mi padre con solo ver la tela en la pantalla, aunque en realidad es imperceptible por videollamada. Yo guardo dos en una caja que suelo abrir de vez en cuando para respirarlas. Ese olor amargo, mezcla de piel, raíz y tiempo, detona mi tristeza. Lloro. Me lloro toda hasta que me arde el pecho. Abrazo esas prendas de cuadros como si las costuras reconstruyeran su cuerpo, como la única y última vez que lloré sobre su pecho, ya inerte en la miserable cama del hospital.

Arnau sabe de la caja de las camisas. Tuvimos una pelea porque, limpiando la casa, me la cambió de sitio. Desbaraté clósets y cajones y librerías buscándola, hasta dejar nuestro piso como una tumba saqueada. Desde entonces Arnau ni la menciona, pero su juicio pesa sobre mí, sumándose al mío. Yo también me pienso enferma, loca, incapaz de huir de una extraña adicción. Me aterra que el tiempo diluya el olor de las camisas. Incluso consideré traerme una al viaje, pero pensé que mi propia peste, mi sudor, la humedad, terminarían contaminando la prenda. La dejé en Barcelona, preservada en su relicario de cartón.

—Pásame el link, ma. Así también me hago yo una con la que tengo —digo al fin, fingiendo la intención de coser.

—¿Cómo? ¿Tienes una camisa de mi papá en Barcelona? —salta Pato.

En ese momento no noto su disgusto, así que confieso que en realidad me traje dos, y que las tengo guardadas junto con la tarjetita de recuerdo que dimos en el funeral. Siento ganas de llorar, pero la reacción de Pato me contiene.

—¿Qué más te llevaste?

Percibo, ahora sí, el descontento.

—¡Nada!

Escucho el temblor de mi voz; el mismo que, de niña, intentaba esconderle las desobediencias a mi padre.

—¿Estás segura?

—Sí, sí. Nomás eso.

También me llevé unas gafas tipo aviador setenteras, rotas y empolvadas, que encontré al fondo de su armario; una vieja cámara Polaroid que aún sirve, pero que raya las fotos por la mitad; y un fanzine con mis poemas y su dedicatoria: «Espero que estos versos te ayuden a sentirte orgulloso». Todos objetos sin valor aparente hasta que Pato decide lo contrario.

–No está bien que las hayas agarrado sin avisarme.

Quiero replicar que fue más grave que hubiera decidido tumbar paredes de la casa sin consultarme. ¿No se supone que ahora la casa es de los tres? Pero mi madre se me adelanta y, por una vez, sale a defenderme.

–No pasa nada, Pato. Hay un montón en su clóset. Ahí siguen todas. Si quieres más, te puedes llevar otra.

Mi hermano la ignora e insiste:

–¿Cuáles tienes?

–No sé, Pato, dos camisas de cuadros cualquiera.

Eran todas prácticamente iguales: azul, gris, blanco, cuadros anchos, cuadros finos, anodinos. Imposible identificar si alguna la había usado estando conmigo o con ellos; o si las llevaba en alguna foto que yo reconociera, de esas que el último tiempo me mandaba por mail.

De súbito, Pato debe marcharse. Alega que tiene asuntos importantes que atender. Mañana terminará de arreglar esa puerta. Nuestra conversación acaba con el dramatismo que a mí me reprueba pero que él se da el lujo de desplegar. Recoge a mi sobrino de la cama, que ahora estaba jugando con unos retazos. Lo acerca a mi madre para que la bese. Ella se levanta.

–Espera –me dice mi madre–, salgo a despedirlos.

—No —la corta él en seco—, sigue hablando con tu hija.

A mí me dice que siga disfrutando de la vida. No le pide a mi sobrino que le mande un beso a su tía Lula.

Oigo sus pasos bajando la escalera. Intuyo la puerta de la casa cerrarse.

Pasan los años y algunos discursos no cambian: mi mamá me pide paciencia para Pato.

—Cada quien lleva el duelo como puede —lo justifica. Sus manos juguetean con los botones que serán los ojos del osito.

—¿Y a él le pides paciencia para mí? —pregunto. O más bien, reclamo.

—No. Porque tú estás lejos. Tú necesitas otras cosas.

Me pregunto cuáles son.

Trilogía de la autenticidad: diente michelin

Desde el siglo pasado, las religiones vienen perfeccionando un truco para asegurar su supervivencia: potenciar el atractivo turístico de sus reliquias y monumentos. Se han insertado en una industria millonaria donde la dimensión espiritual es un *souvenir* más. Algunos credos apuestan por el valor estético de sus edificios. Caso claro es la Sagrada Familia de Barcelona o la Capilla Sixtina en Roma. Otros elevan a nivel de piedra angular de la Historia lugares cargados de memoria, como el Muro de las Lamentaciones en Israel. Y unos más se refugian en el preciado valor de la autenticidad.

El Templo del Diente de Buda, corazón del barrio chino de Singapur, es de estos últimos. Su importancia radica en que posee una reliquia del colmillo izquierdo del Buda originario: Siddhartha Gautama. Al parecer, el diente fue recuperado de su pira funeraria en la India. La pieza hoy reside en una estupa de 3.6 metros de altura realizada con 320 kilogramos del oro donado por sus fieles. Sri Lanka afirma que tiene ese mismo colmillo del mismo Buda histórico en la ciudad de Kandy. ¿Cuál es el verdadero? Varios dentistas expertos aseguran que el de Singapur no solo no es humano, sino que podría no ser ni de un primate. Punto para Sri Lanka.

Al salir del templo, Arnau y yo deambulamos por el barrio buscando algo para comer. Chinatown se despliega como un decorado rojizo donde cada fachada y todo el mobiliario urbano parecen sacados de la misma fábrica. Todos los negocios alrededor del templo están destinados al turismo: desde tiendas de *souvenirs* y restaurantes hasta talleres que te ofrecen experiencias «auténticas» como aprender caligrafía china o a cocinar cerdo agridulce. Pienso en Barcelona y el supermercado plástico alrededor de la Sagrada Familia, y me imagino a Buda, Mahoma y Jesucristo complotando un ataque contra los mercaderes, como en aquella escena bíblica pero coordinada a escala global y con *hashtags*. Y nosotros, riéndonos de ellos, posteándolo en Instagram, comprando la foto testimonial colgada de un llavero.

Viniendo de Barcelona, epicentro del turismo de masas global, nos creemos entrenados para escapar de las trampas. Nunca verás a un barcelonés comer paella en las Ramblas. Recordando el consejo de un amigo, Arnau me lleva al restaurante con una estrella Michelin más barato del mundo.

Me enternece la historia del dueño del restaurante. La emiten en bucle en un minidocumental mientras tú comes.

Un señor singapurense tiene, en un mercado cualquiera, un puesto de comida típica: arroz y pollo con soja, poco más. Un «experto» en sabores la prueba y decide premiarlo con una estrella. Con el reconocimiento viene el dinero. El tipo abre un restaurante, ese en el que comemos Arnau y yo, pero el arroz con pollo se mantiene inmutable. Está buenísimo, claro. Debe estarlo por contrato. Si el señor innova, arriesga o experimenta, corre el riesgo de perder su prestigio. De hecho, la estrella es para eso: para congelarlo en su autenticidad.

Además de la experiencia gastronómica, los comensales escapan del húmedo calor de la calle bajo un aire acondicionado a toda potencia. Me froto incesantemente los brazos para no helarme. Me levanto y voy al baño. Me encuentro que es tras bambalinas donde la estrella esconde los pliegues de su éxito. Detrás de una puerta entreabierta, un hombre indio/hindú lava una pila enorme de platos bajo un ventiladorcito que apenas gira. Su camiseta, mugrienta de sudor en las axilas y la espalda, no es parte de la experiencia Michelin. Un camarero me cierra la puerta en la cara y me señala que los *toilets* por allá.

¿A esto aspiramos? ¿A vivir en una prisión dorada bajo una estrella artificial? ¿A que otros laven nuestros platos?

Pedro Páramo se come un durian

De repente, frente a mí, una bestia peluda y corpulenta atraviesa el camino a toda velocidad. Me detengo en seco, clavando hasta el fondo los frenos de la bicicleta y plantando los pies en la tierra. La rueda delantera de Ezequiel choca conmigo.

—¿Qué chingados fue eso?

—Creo que... un jabalí.

—Cinco años viniendo aquí, ¡y nunca había visto uno! ¿Será que los atraes o qué onda?

Pulau Ubin es una isla al norte de la ciudad que funge como parque natural. Con sus muchos bosques y humedales, es el hogar de cientos de especies animales. Es uno de los sitios favoritos de Ezequiel en Singapur. Eso me cuenta. Aunque el trayecto desde su casa es un poco largo —hay que coger dos autobuses y un ferry para llegar—, suele venir a pasear en sus días libres. Pese al entusiasmo, Arnau decide quedarse. Algo en su decisión me chirría. Sí, los aires acondicionados le han obsequiado un resfriado, pero no parecía tan grave como para que prefiriera perderse el paseo. Me siento culpable por dejarlo solo, pero él insiste en que no me preocupe.

El recorrido en bici está enmarcado por el canto de la selva y un follaje verde intenso, alto y espeso. La humedad se nos pega en el cuerpo. Seguimos una nube de mariposas de alas metálicas y brillantes que nos rebasan trazando espirales en el aire. Nos paramos a admirar la placidez de unos monos de brazos largos que se balancean en las lianas. Me detengo de golpe otra vez. Casi estampo mi cara contra una enorme araña de patas largas y amarillas.

Aparcamos la bici y subimos a una pasarela que ondea sobre los manglares y las marismas. Delante pasea una pareja que va vestida para otro escenario. Ella lleva una falda de tubo y tacones. Imito su mueca grotesca y su caminar de flamenco herido. Provoco en Quiel una risa dulce.

—¿Eres así de chistosa con tu vato? —pregunta.

No, pienso.

—¿Qué quieres decir?

—Nada. Bueno, es que capaz que lo aburrimos. Tú y yo nos ponemos a platicar de nuestras cosas y…

—¿Y tú? ¿Te aburro?

—¡No! Lo que digo es que capaz que por eso quiso quedarse en el depa.

Yo tampoco me creí el malestar de Arnau. Sin embargo, a diferencia de Ezequiel, no me lo termino de explicar con el aburrimiento.

—¿Eres feliz con él?

¿Felicidad? Quizá deberíamos mejor preguntarle a Arnau si es feliz conmigo. Con esta criatura desbordada que no reconoce ni sus manos, ni sus moretones, ni sus rajaduras en el antebrazo. Sé que existo debajo de la ira porque Arnau, temeroso testigo, lleva un registro. ¿Cuántos golpes le di a la pared? ¿Cuántos?, exijo. ¿Por qué está rota esa taza? ¿Por qué no sirve el tostador? Me entretengo en las fisuras del objeto y me exaspero con Arnau porque no me ofrece bien las cifras. Empujo y golpeo su pecho. Me frustra que no sea más infinitamente fornido que yo, que no me sirva de camisa de fuerza, que no evite mis uñas surcando su carne, la mía, su nariz derramada en la encimera, la sangre que se apresura a limpiar para que yo no la vea y no sume, a mi podredumbre, una culpa más.

Mi depresión es una estrella negra.

Ignoro la pregunta de Ezequiel. Me asomo al borde de la pasarela para ver lo que hay debajo. Es como ver una *rave* desde un helicóptero. Abro el oído: chasquidos como los de esos caramelitos que truenan al contacto con la lengua. Los danzantes son cientos y cientos de cangrejos diminutos. Tienen una tenaza desmesurada, solo una, que desafía las proporciones de su cuerpo. Parecen vigoréxicos descompensados, moviéndose frenéticamente para escarbar agujeros, buscar rivales y pelearse con ellos. Opto por seguir bromeando:

–Los cangrejos son como los hombres, se pasan la vida peleando por agujeros.

Ezequiel suelta la carcajada.

–Ándale, comediante –dice–, todavía nos queda recorrido.

Sin aviso previo, toma mi mano y me devuelve al camino.

Hacía días que mis manos estaban frías.

Pedaleamos al costado de unas cuantas plantaciones de coco y otros frutos desde donde emana un olor nauseabundo, como de basura fermentada. Apresuro la marcha para escapar de él. Llegamos, finalmente, al extremo de la isla, donde la tierra toca el estrecho de Johor y se vislumbra la costa malaya. Paramos a descansar. Quiel saca de su mochila un mango, una manzana y un cuchillo. Yo tengo galletas, agua y un par de zumos que, a estas alturas, ya están calientes. Después de comer, nos tumbamos en la hierba. El cielo es una sábana gris bien estirada. Pocos cielos azules hemos tenido estos días en Singapur. Elevar la mirada es saber que lloverá sí o sí, pronto.

–¿Te conté que monté otra vez *Pedro Páramo*?

–¿Qué dices? ¿En serio?

—¡Sí! Rescaté partes de nuestro libreto.

—¡Ah! —suspiro—. La primera y última gran obra que hice jamás. ¿Y era buena la Susana San Juan? —pregunto sin querer saberlo.

—No tanto como tú —contesta Quiel, como si en el guion de nuestra vida su personaje estuviera destinado a ser un abrazo.

Me cuenta con entusiasmo cómo interpretaron el texto sus actores desde su propio contexto asiático. El cacicazgo, el machismo, el campo, la muerte y el amor: una narración pequeña y local reflejando la historia de la humanidad. El sur de Jalisco cobrando vida en la lejanía del sur de Asia, como si las voces de nuestros abuelos fueran las de los suyos; como si todos, realmente todos y no solo los mexicanos, fuéramos hijos de Pedro Páramo.

Quiel y yo nos sentimos orgullosos de llevar esa historia grabada debajo de la piel. De aquel *road trip* nuestro buscando la Comala de Rulfo, un viaje que fue una probadita de la libertad cruda con la que soñábamos. De las tardes y noches y días que pasamos obsesionados con esa novela, como si de ello dependiera nuestra juventud. Fue una época hermosa. Estábamos enamorados del teatro, de la literatura, de nuestra tierra y de nosotros mismos.

Esa emoción todavía habita en Quiel. Yo, de ella, solo conservo *souvenirs*. Aún tengo el libro con el que trabajé nuestra adaptación: una edición del año 85 que rondaba en casa de mis padres y que yo me agencié para siempre.

—Me lo llevé a Barcelona —le cuento—. Está todo rayado y lleno de notas.

—¡Qué chulada! ¿Y te acuerdas de tus líneas?

Quiel se levanta de un salto y se coloca como si estuviera entre aquellas estructuras gigantes de madera, marcos de puerta que simulaban las casas, el pueblo, las lápidas. Cerramos los ojos. Aparece ante nosotros la cama de Susana San Juan y yo me postro en ella. Él está de pie, sus pies rozan mi cabeza, sus brazos abiertos como un Cristo en la posición que tomaba el actor que interpretaba al sacerdote. Es la dolorosa escena en la que le informan a Susana que su amado Florencio ha muerto y ella, enferma de fiebre, lanza un grito desgarrado a Dios: «¡Señor, tú no existes! Te pedí tu protección para él. Que me lo cuidaras. Eso te pedí. Pero tú te ocupas nada más de las almas. Y lo que yo quiero de él es su cuerpo».

No recuerdo más, pero Ezequiel sí y me hace, en voz baja, de apuntador: «¿Qué haré ahora con mis labios sin su boca para llenarlos?».

La escena está revuelta y se nos disuelve en el juego. Yo juego a ser actriz de nuevo, él a estar conmigo. Nos dejamos llevar y terminamos haciendo el ejercicio del espejo ahí, entre el verde y el mar, las flores y la lluvia que está por reventar. Mi rostro sigue fielmente las palmas de sus manos. Luego, él se mira en las mías, como cuando éramos niños y confiábamos en nuestros reflejos. El teatro nos había enseñado a ser fuertes. Ezequiel no lo había olvidado, por supuesto. Yo estaba desenterrando viejas lecciones.

—Tu visita me está devolviendo la fe —me dice.

—¿En qué?

Pero no responde, solo cierra los ojos.

Hubiera querido quedarme un poco más allí, así, pero debemos coger el último ferry de vuelta. En el muelle, un grupo de ancianos canta, con un altavoz rodante, canciones chinas que parecen rescatadas de una rocola antigua. Ajenos a todo, unos niños ensayan la coreografía de una *boy band* frente a un tablet. Nos tomamos un jugo de caña. El lugar nos recuerda la absurda severidad de Singapur: cámaras que vigilan que uses los vasos una sola vez por higiene, so pena de multa, y carteles que prometen paseos en patrulla gratis si robas. Humor singapurense, me explica Quiel. Muestras de la fe de esta nación en la inminencia del crimen.

—¿Pero de dónde viene esa peste?

Mi nariz sigue rastreando el vertedero.

—¡No es basura! —Riendo, Quiel señala un montón de frutos de piel rugosa que parecen dragones dormidos—. ¡Es eso! ¡Durians!

Ezequiel compra un plato del apestoso fruto. Su carne es de un vibrante color amarillo. Cerca de la nariz, es un manotazo en la cara. Doy un bocado: una mezcla de ajo con piña fermentada, pies sudorosos y frutos secos. Inmediatamente lo odio. Quiel se divierte con mis gestos:

—Cuando ya llevas aquí un rato, te acaba encantando.

—No sé si tres meses alcancen para eso.

—Pues quédate más tiempo. Capaz que encuentras otras cosas que te gustan más.

Algo en mí se estremece, como si el durian hubiera soltado su dulzor al tocar el fondo de mi garganta.

El departamento está en penumbras. Nos instalamos en el balcón. Se está convirtiendo en uno de mis sitios favoritos en Singapur. «Si te llevo es para que me lleves», canta Cerati. Los cigarrillos humean desde el cenicero. Al cabo de un rato, aparece Arnau. En cuanto se ha sentido con energía, ha salido a pasear. Eso dice. Ha tomado unas fotos muy bonitas del Deepawali que nos mostrará durante la cena. Ahora es Quiel quien se excusa. Comerá cualquier cosa y se irá a dormir. Ha de madrugar, explica. Pero ustedes pueden ir a un sitio de comida casera que está aquí a la vuelta, dice, señalándonos la ruta desde el balcón.

Ante un humeante plato de *noodles*, Arnau me pregunta qué tal Pulau Ubin.

—Era todo verde —contesto.

—¿Y os ha llovido?

—No. Nada.

Trilogía de la autenticidad: bajo el hiyab II

El encargado de recibirnos en la Masjid Sultan bufa y refunfuña. Ya parecía harto de los turistas antes de nosotros. Ahora, encima, yo vengo y le llamo falda —*skirt*— al *sarong* que le ofrece a Arnau para que pueda entrar. El chaval señala sin disimulo mi falta de respeto mientras me extiende un hiyab. Pido disculpas, sonrío con la carita agachada. Busco caerle bien, que piense que soy una de las buenas. Declaro, con toda intencionalidad, que soy mexicana, una carta que uso para caer simpática. Le digo que lo entiendo: los extranjeros en *my country* también son desconsiderados con nuestra cultura. Le invito a que me ayude a aprender de la suya.

Nada.

El chico no tiene interés en ilustrar a otra turista con ganas de exotismo responsable.

Entonces Arnau decide utilizar nuestra carta magna: Barcelona. Esa sí que es la palabra mágica. Todo el mundo ama Barcelona. Todos tienen una anécdota personal de ella, tanto si la han conocido como si solo la han visto en sueños.

—*Oh! Barcelona! Messi!* —exclama el muchacho sucumbiendo al hechizo. En efecto, es como si hubiéramos dado con la contraseña.

Aunque ahora me ignora y solo se dirige a Arnau, me siento aliviada. Le escucho hablar de que estuvo mochileando por Europa. Uno de sus sueños cumplidos había sido ir al estadio a ver jugar al Barça. Que le asombró la historia de la ciudad, plasmada con tanto detalle en su arquitectura, pero lo que le había impresionado de verdad había sido *all that life, all that freedom*. Se gira y me dice, con sorna, que visitó catedrales y monumentos *always with respect*. Lamenté no poder comparar mi experiencia de libertad con la suya, anulada yo por mi injuria inicial. Compartirle cómo convertí en permanencia lo que iban a ser solo dos años. Que me enamoré de Barcelona por el mismo motivo: toda esa vida que no creía que podía florecer en el asfalto de Guadalajara.

—*You go that way* —me indica el chico con la mano.

Deambulo por esa reducida zona de la mezquita que pertenece a las mujeres, sometiendo los mechones rebeldes de mi pelo azul. La frase *all that freedom* intenta germinar en mi cabeza lejos del eslogan turístico. Me acerco a unos paneles informativos. En las fotos, las mujeres llevan el hiyab acomodado de distintas formas alrededor del rostro. En algunas parece un mero adorno, en otras, una bandera, y en otras, una carga. Leo:

> *Interestingly enough, the observant Muslim woman whom adorns the head scarf is giving a clear statement of her surrender to the commands of the Creator and her status as a free woman. She is a woman who is free from the dictates of men or a fashion magazine.*

La confluencia de libertad –*free*– y sumisión –*surrender*– me resulta, como mínimo, desafiante. De la propia voluntad de la mujer depende su sumisión. Quizá en Singapur y en la mayor parte de Malasia esto sea cierto. Aquí ninguna ley obliga al uso del hiyab. He visto a mujeres sacarlo del bolso antes de entrar a la mezquita y volver a guardarlo al salir. Pero, ¿y en Irán o Afganistán? ¿Cómo ejercer la independencia bajo amenaza de exclusión social, sanción económica o violencia física?

Una misma prenda puede nacer tanto de la convicción más íntima como de la coacción más brutal y, aun así, su significado parece dictado siempre por la mirada ajena. Y en esto de mirar y juzgar, en Europa son expertos.

En Europa, toda esa *freedom* se sirve condimentada al gusto de los fines políticos y culturales de turno. Sobre todo cuando el objetivo es colar la idea de que el hiyab, y por ende el islam, es un arma mortal contra los valores llamados occidentales. Pareciera que la libertad de una mujer solo se alcanza con el cabello al viento y el desafío a todo lo «incivilizado». Muchas de las voces que satanizan el hiyab, incluidas las de aquellas musulmanas-europeas que han elegido no llevarlo, dejan claro que, en términos de discursos colonialistas, seguimos instalados en el siglo XVI: para ellas hay «tribus» a las que, por lo visto, debemos rescatar de su propio salvajismo.

¿Debemos? ¿Quiénes? ¿Las «liberadas»?

Yo, otra salvaje, en definitiva no. Mis referencias son retales mal cosidos: los pregones de los periódicos; lo que nunca pregunté a mi exvecina de la segunda planta; voces varias, como la de la activista Mona Eltahawy, que cuenta cómo su hermana usa el hiyab para molestar a los racistas. Quizá debí preguntar más. Aún me pesa la conversación que no tuve con la mujer del hotel de Kuala Lumpur.

Debemos escuchar más.

Para nosotras, las mujeres, los discursos de independencia han venido siempre con letra pequeña. Como cuando nos vendieron que solo a través del matrimonio y la maternidad se logra la plenitud femenina. Como cuando intentaron convencernos de que el tanga por encima del pantalón no era solo un *fashion statement* sino un acto radical de empoderamiento. O como cuando mi padre me decía: Eres capaz de lograr lo que tú quieras, pero no te dediques al teatro o acabarás de prostituta. En sus diferentes contextos, el control viste ropajes distintos. Incluso las palabras sagradas, como las del propio Alá, han sido interpretadas para apretar los nudos de las sogas. «Ni el islam ha inventado el patriarcado ni el Corán es un texto patriarcal. Lo que ha sucedido es que este fue revelado en un marco en el cual el patriarcado era normativo y ha sido leído a lo largo de la historia en clave patriarcal», escribe Abdennur Prado.

Muchas promesas de emancipación han sido diseñadas para que el amo siga en su trono mientras nosotras damos vueltas, como perras persiguiendo su propia cola.

En un mar de oleajes enfrentados, ¿la libertad está en elegir no ahogarse?

Arnau sale de la sala de oración de la Masjid Sultan y me alcanza en los paneles. Me cuenta que dentro ha visto hombres durmiendo y mirando el móvil. Me enseña las fotos que les ha hecho a escondidas. En esa mezquita glamorosa, donde se exige sumisión y respeto a cada paso, que unos tipos despatarrados la usen como refugio contra el calor me parece, hoy por hoy, lo más auténtico.

El susurro del dragón

Sus brazos están envueltos en unas mangas de seda que se extienden mucho más allá de sus manos. Dragones que ondulan y se deslizan en el aire. Su cuerpo es un río. Sus pasos, hojas empujadas por el viento. Cada giro es un remolino repentino que traza símbolos etéreos, tinta extendida en un lienzo. Bajo una tenue luz dorada, la estela del bailarín es a la vez temblor y monumento, una belleza que escapa a toda lengua.

Desde mi asiento en la penumbra, me entrego a ese desafío a la gravedad, tan firme como las raíces, tan efímero como la juventud. Soy invisible para el dragón. Los reflectores, bien lo sé, borran al público en los ojos del artista. No obstante, su mirada me encuentra. Así que hago mío su secreto, su gracia, su pecho que crece y baja como si exhalara flores.

De pronto, luz de sala.

Aplausos breves, desgarbados.

El público es escaso. Se compone únicamente de amigos cercanos, alumnos y otros profesores. Desde la primera fila, unas voces sugieren cambios en la escenografía, el vestuario, el volumen de la música. A mí me cuesta sacudirme la danza del cuerpo, enfocarme en las minucias técnicas que a ellos les estresan tanto. No vuelvo a tierra ni siquiera cuando Ezequiel, quimera de dragón y director, reparte indicaciones al cuerpo de baile, a los técnicos de sonido, a los tramoyistas.

Antes de que se apague otra vez la luz y salten los acróbatas, las mangas largas de Ezequiel lo siguen al recorrer el pasillo hacia nosotros.

Arnau le dice, con voz tímida, que le ha gustado mucho su pieza.

—¿Y tú qué? ¿No me vas a decir nada? —se dirige a mí—. ¿Te gusté?

Solo logro asentir.

El ensayo continúa bajo su mando. Cada una de sus indicaciones combina el rigor del bailarín, la obsesión del artista por lo sublime y el pragmatismo de quien capitanea un barco. Todos le siguen sin chistar, derramando oficio y talento no solo por amor al arte, sino porque de ese espectáculo depende su futuro próximo.

El instituto se mantiene con inversión privada, sobre todo de empresarios chinos. Para complacerles, la gala es un *collage* de sus tradiciones escénicas: dragones, acrobacias, bailes de máscaras y sketches cómicos. La hipnótica danza de las mangas de agua –o de las mangas largas– es uno de los actos centrales.

–Como no dependemos económicamente del gobierno, nuestra escuela tiene más «libertad de expresión» –me explica una de las actrices más tarde, durante la cena, dibujando en el aire las comillas con sus dedos.

La escuela donde trabaja Ezequiel es el sueño hecho realidad del neoliberalismo: la privatización del arte como último y gran simulacro de su libertad. Sin embargo, esas comillas me indican que hay miradas abiertas.

–Te lo dije: Singapur es la zona cero de una distopía utópica; pero no todos estamos vendidos –me confirma Quiel.

Una gran parte del elenco se ha sumado a una cena que, yo creía, sería solo entre Arnau, Ezequiel y yo, siendo nuestra última noche en la ciudad. Soy el centro de atención porque narro, con toda mi gracia posible, las andanzas de un joven de rastas que solía actuar a cambio de tacos en las calles de México. Ezequiel me anima a que desempolve nuestras anécdotas más rocambolescas. Quiere que les confirme a sus alumnos que él es uno más de la tribu.

–Eres escritora, ¿verdad? –me pregunta la actriz.

Siento, inmediatamente, que me queda grande el traje, pero antes de dejarle ver mis harapos, sopeso la utilidad del disfraz. A una joven actriz de origen malayo, apenas en la veintena, con los ojos de quien se prepara para descubrir el mundo, ¿qué puede importarle lo que soy, no soy o pude haber sido?

—Sí —contesto. La mentira es un vestido que me yergue, ciñe mi cintura y oculta el hedor que, siento, emana de mi rostro. El traje nuevo del emperador.

—¿Me puedes explicar la letra de una canción?

Siti es fan del reggaetón. Tiene todos los éxitos en la punta de la lengua y las caderas entrenadas para el vaivén puertorriqueño; pero las letras la desconciertan. Me preparo para una charla sobre el debate musical de la década: reggaetón, ¿degradación machista o revolución sexual del siglo XXI? Pero a Siti lo que le preocupa son unas contracciones lingüísticas que no le han enseñado en sus clases de español, como «Vamo' a ser felices» o «Pa' que te digo na'».

—¿Por qué estás aprendiendo español? —pregunto con genuina curiosidad. Pensaría que en este lado del mundo todos están aprendiendo mandarín o japonés.

—Quiero ir a Latinoamérica.

—¿En serio? ¿Y eso?

—Porque Singapur es una ficción. Aquí me siento como en un set de televisión. Quiero vivir el mundo real —me lo dice bajito, como si temiera que la ciudad pudiera oírla.

—¿Tuviste mucho miedo cuando te mudaste a Barcelona?

—No —contesto sin dudar.

—Yo tampoco tengo miedo.

Ambas reconocemos la mentira de la otra. Pero también sabemos que el gran salto es posible. Yo lo di. Ella lo hará. En esa certeza me reconozco.

La vuelta a casa es un torbellino de música y colores. Una parada en un bar. Otra, en una cabina callejera de karaoke, donde nos ensardinamos a cantar reggaetones que, no puedo evitarlo, me sé de memoria. Una última copa. Un último cigarro de madrugada. Ezequiel y yo en el balcón de su departamento, envueltos en la pegajosa humedad de Singapur.

—No te me despidas ahorita —me dice en un susurro—. Así sabré que nos veremos en Penang.

Singapur → Melaka

un punto de silencio
un mapa sin norte

un paréntesis
dentro de un paréntesis
en un río dentro de una tierra
que añora el mar

una isla

((·))

a un cuerpo que sueña
            en mitad de la caída
le crecen branquias

((allí voy))

busco en la ficción, la posibilidad
habitar el centro de la diana

ser del cuerpo el agua

((respiro))

una isla temerosa de sus grietas
es solo una tumba de arena

un viento cansado de ser viento
busca refugio en la humedad

((…))

Melaka

Banda sonora con plumas

De la garganta de Melaka emana un ruidero estrafalario. Los tuk-tuks se disputan la atención de los visitantes con su potente sistema de sonido, estremeciendo cada tímpano con trap, mejor tecno y los grandes éxitos de la música tradicional. Engalanados con plumas, peluche y neón, Hello Kitty, Pokémon y Spider-Man, además, son un anzuelo para la vista. Más que transportar pasajeros, desfilan por la ciudad como una obra maestra del kitsch.

Y, sin embargo, como toda sinfonía artificial, el ruidero se rinde a las elocuentes voces de las aves.

Al atardecer, los templos reciben las últimas plegarias, la gente da el paseo que abre el apetito y los mercadillos nocturnos calientan las brasas para los satay. En los alrededores del río, miles y miles de pájaros preparan su noche en las frondosas copas de los árboles. Su trino armoniza los cánticos de las mezquitas y matiza la solemnidad de las campanas de las iglesias cristianas. A mí me habla del pasado. En Guadalajara, las aves eran la banda sonora de nuestra vuelta a casa. Su canto sobresalía entre los motores, los vendedores ambulantes, los pitidos de los agentes de tránsito y canciones a las que hoy llamamos «clásicos».

En el asiento de atrás, mi hermano y yo jugábamos a ponerle trama y diálogo al griterío omnipresente de las aves. Pato comandaba escuadrones de águilas. Vencía monstruos a golpe de ala y picotazos. Mis colibríes relataban las tierras descubiertas, los paisajes fantásticos que imaginaba más allá de Atemajac, el barrio de mi abuela. A veces servían a la corte de Pato como mensajeros. Leía en idioma pájaro importantes misivas o versos. Mi mamá seguía nuestros juegos, enternecida, a través del espejo retrovisor. Así volaban los cuarenta y cinco minutos que duraba el trayecto a casa.

El asfalto silenció a esa Guadalajara. Talaron los árboles, ensancharon las avenidas, construyeron pasos a desnivel. Desahuciaron a las aves. La última vez que fui, los trayectos fueron mudos. Y ahora, mi hermano ya no me comparte las aventuras de su nido. Ni siquiera algo tan grande como la llegada de un nuevo bebé.

Sentada a la orilla del río, contengo la voz ante el esplendor sonoro de Melaka. Saco el teléfono para capturar ese concierto de plumas y motores. Quiero enviárselo a Ezequiel porque, estoy segura, él tiene los mismos pájaros en su cabeza que yo; pero no puedo. En mi empeño por aislarme del mundo anterior, no he querido comprarme internet para el teléfono. Ahora me arrepiento.

Abro, pues, la jaula para que mis aves vuelen hacia Arnau. Él las reconoce de inmediato. «Siempre me cuentas esa anécdota cuando te quejas de que en Barcelona no hay suficientes árboles», dice, y es como si apagara la radio a media canción.

Mysterious latin girl

Por el techo abierto en los vestigios de la iglesia de San Pablo se cuela entera la lluvia prometida. Arnau y yo jugamos a perseguirnos, reventando los charcos como fuegos artificiales. Las tenues luces del templo rebotan en cada gota, como si el pasado se refractara. Entonces me alcanza, me rodea por la espalda y, sin previo aviso, me gira y me besa. La escena es de película romántica. Sin embargo, algo en sus labios me sabe a desahogo, tiene un dejo de desespero. Ignoro esa punzada, pienso que es solo la osadía del acto —Malasia, la iglesia—. Mis manos, en su pecho, suben hacia sus hombros rozando las tiras de la mochila. Eso le hace recordar algo importante. Lleva, dentro, su cámara. Arnau me suelta de golpe y corre a resguardarse.

En medio de las ruinas, la luz solo sirve para iluminar cicatrices, no para curarlas.

Sola y empapada, me resguardo en un punto seco bajo una estructura que, en sus tiempos vivos, fue una cornisa. Los truenos retumban. Desde esa colina, donde se erige la iglesia, la ciudad de Melaka se vislumbra como un tapete de brocado en pan de oro. Ese templo es herencia del desembarco portugués. Su construcción empezó en 1521, al mismo tiempo que, al otro lado del Pacífico, caía la gran Tenochtitlan en manos de Hernán Cortés. Hoy día, queda solo la carcasa.

Arnau y yo nos acercamos a ese punto de la Historia en el que debemos decidir si el monumento puede restaurarse o si su belleza solo sirve como el *souvenir* de una antigua gloria.

El estruendo de la lluvia trae consigo una voz lúgubre y casi burlona. Una figura emerge de entre las grietas. Su prominente joroba le tuerce el cuerpo. Su andar descalzo arrastra una inquietud hasta mí.

—*Are you looking for a mystery?* —me dice, casi susurrando.

—*What?*

—*A mystery…* —insiste, señalando con sus dedos lánguidos unas pesadas lápidas de piedra recargadas en los muros. Luego, una tumba a ras de suelo, resguardada bajo una pesada reja de metal—. *Many ghosts in this place! Do you want secrets?*

Ahora que lo tengo al lado, distingo mejor su figura. Lo que parecía una joroba se me revela como una mochila. Me percato de que lleva una bolsa con chácharas que dicen *Malaysia* en letras coloridas. Intuyendo que lo que quiere es sacarme algunos ringgits, respondo:

—¡Ah, no! *Terima kasih. They are no mystery; just a bunch of dead white guys.*

El hombre estalla en una carcajada.

—*You're funny! Very funny!* —dice asintiendo con la cabeza—. *Where you from?*

—México.

—*Ah! Latin girl!* —expresa como resaltando una obviedad—. *Latin girls are nice, talk too much. Beautiful!*

Ahora sonrío yo.

—*Many latin girls in Melaka?*

—*No* —me contesta—. *Movies. Latinas: hot! Sexy!*

Me guiña un ojo con una coquetería burlona. Así que nuestro *berkelakuan sumbang*, nuestro beso indecente, ha tenido espectadores... La sonrisa que le había dedicado está ahora tan chueca como su espalda, pero seguramente ni se ha dado cuenta de que me ha incomodado. El tipo se aleja tratando de no resbalar, con el andar renco de quien lleva todo el día de pie, trabajando.

Cuando la nube termina su descarga, la iglesia de San Pablo reluce como una anciana cuya esencia traspasa sus arrugas. Arnau vuelve de su escondite. Sin la osadía con la que antes me besó, tantea mi mano mientras bajamos la colina, otra vez con ese miedo a cómo pueda reaccionar yo si rompe nuestra regla muda de no tocarnos. La encuentra ocupada en el teléfono, buscando con el móvil una señal que me conecte a otro mundo. Entre nosotros impongo una distancia que me aleja de ser una romántica mujer latina.

Una puerta ibérica

Introduzco la tarjeta, enciendo el teléfono, tecleo el *password*. ¡Internet! Abro la mensajería. Saludo con emojis. Ezequiel me pregunta si me está gustando Melaka.

¡Es un pueblo mágico!

Quiel
jajaja! Pues a mí me gusta.
Me recuerda
a casa.

Además de Quiel, muchos de los malayos que hemos conocido en el camino nos animaron a venir. Es un destino recurrente para sus vacaciones o escapadas de fin de semana. Es preciosa, se come de maravilla, la arquitectura es impresionante, repiten. Pero a diferencia de Ezequiel, a ellos Melaka les parece diferente. La han descrito incluso como «exótica», con la carga de fascinación y colonialismo que esconde ese calificativo.

Una de las cosas que hace a Melaka tan única es cómo su historia palpita en su arquitectura. Aquí no solo se entrecruzan las formas y tradiciones asiáticas con las británicas, también se percibe la huella profunda de una colonización primigenia, la ibérica: la de los portugueses.

En 1509, Diogo Lopes de Sequeira se convirtió en el primer europeo en pisar el Sureste Asiático al desembarcar en Melaka. Ellos no le llaman «descubrimiento» a este desembarco. Lo de «descubrimiento» como categoría histórica central es una marca meramente española. Para referirse a este periodo histórico, Portugal habla de hitos en la creación de la red global del comercio de especias.

Me pregunto si en la educación del Reino Unido hay algún renglón dedicado a Lopes de Sequeira como parte del relato de su propio imperialismo. Posiblemente no. Malasia era una colonia bajo sus dominios y luego se independizó. Antes, nada; como si la Historia empezara cuando la monarquía británica mueve los pies.

—Otra vez con tus cosas de la colonia. ¿No puedes simplemente disfrutar y ya? —dice Arnau mientras me muestra la foto que acaba de tomarme bajo el arco de la Porta de Santiago.

Estamos ante uno de los mayores reclamos turísticos de Melaka, una de las estructuras europeas más antiguas del Sureste Asiático: un fuerte construido en 1511 del que hoy solo queda una puerta. Los malayos la llaman «A Famosa». El nombre completo sería A Famosa Porta de Santiago, pero no les hace falta completarlo. El respeto a la lengua portuguesa es lo de menos aquí.

De pie frente a este célebre umbral que conecta Malasia con Europa, pienso en la espada ibérica abriendo la carne y mapa del mundo. Cómo las ruinas de una iglesia católica no son para Ezequiel ni para mí exóticas sino familiares. En Melaka encontré la pieza de un rompecabezas ya armado con anterioridad. La ciudad me sabía a San Miguel de Allende, a Mazamitla, a Taxco: un poblado pintoresco, con su iglesia en el centro, su mercado de comida típica y artesanías, sus casas-museo y su ambiente familiar. Un «pueblo mágico».

«Pueblo mágico» es una etiqueta que se inventó el gobierno mexicano a principios del milenio con el fin de promover el turismo fuera de los grandes centros urbanos. El programa pretendía preservar las tradiciones de las comunidades con alto valor histórico. Sin embargo, en algunos casos, el exceso de magia derivó en gentrificación, alteración del paisaje natural y espectacularización de la identidad local que, lejos de mantenerse auténtica, se convirtió en mercancía.

Y sin embargo, debajo de las fachadas permanece el olor a sangre.

Arnau me pregunta qué tanto hago en el teléfono.

Me insinúa que podemos continuar lo iniciado en la iglesia.

Arnau insiste en que no se ha aburrido de mis cuentos sobre Guadalajara, pero que por qué tengo que quejarme siempre tanto de Catalunya.

Arnau quiere largarse ya de Melaka. Está cansado de sentirse como un ruido más de esta estridente ciudad.

A mí me hubiera gustado quedarme más días allí. Solo para descubrir si, como Ezequiel, yo también podía sentirme como en casa.

Melaka → Ipoh

Vuelo doméstico

Un recién estrenado avión tipo Boeing 737 MAX 8, con 181 pasajeros y ocho miembros de la tripulación a bordo, despega con absoluta normalidad del Aeropuerto Internacional Soekarno-Hatta, en Yakarta, capital de Indonesia. Es un vuelo corto –poco más de una hora– y doméstico: su destino es la ciudad de Pangkal Pinang en la isla de Bangka.

Casi de inmediato, algo va mal. Un sensor envía datos erróneos y activa un sistema automático del que los pilotos no han oído hablar nunca. Nadie, ni en los manuales de uso, ni en la formación para manejar este nuevo modelo, les informó de su existencia. Los pilotos luchan por corregir la dirección del avión, pero este insiste en inclinar su nariz hacia abajo. Desesperados, alertan a la torre de control y piden regresar, pero el sistema no cede. El descenso es inminente. La aeronave cae en picada. Trece minutos después del despegue, el avión se estrella en el mar de Java a una velocidad de 700 kilómetros por hora. No hay supervivientes.

Al otro lado del océano y a una hora de su aeropuerto más cercano, una mujer mexicana mira la televisión. Entre balaceras, corrupción, goles, riadas y escándalos sexuales de actores de telenovelas, aparece la tragedia del vuelo indonesio. La mujer coge el teléfono y le marca a su hija, preocupada. No hay respuesta. Insiste varias veces más. Nada. Acude entonces a los mensajes y escribe:

> **Mamá**
> Se estrelló un avión por donde andas. Ustedes están bien?

Cuando me despierto, tengo el teléfono atiborrado de llamadas perdidas y enlaces a páginas web donde dan detalles del accidente.

> Ma... Indonesia no es Malasia.

Inmediatamente después, me arrepiento de haber sido tan antipática y escribo:

> Pero estamos bien, mami. Gracias por preocuparte ♡

La angustia de una madre tiene sus propias geografías.

Me llama. Tenemos una conversación breve porque me espera un viaje de seis horas en autobús. Me insiste en que aproveche el trayecto para revisar los documentos que la Licenciada Esther ha enviado a mi mail.

La muerte no viene con un manual de instrucciones. La de mi padre era un avión nuevo que no sabíamos pilotar; su herencia, el sensor defectuoso que nos obligaba a actuar a ciegas.

Tres horas después de partir, el autobús se detiene en una estación de servicio en la frontera natural que separa los estados malayos de Selangor y Perak: la cordillera Titiwangsa. Las montañas de picos frondosos recortan el horizonte. Nuestro destino se encuentra en un valle detrás de ellas. En el estacionamiento, un grupo de militares rezan, hincados en la hierba sobre sábanas azules y naranjas. Hay cola para el baño de mujeres. De un puesto de fruta compro una guayaba cortada a trozos, intentando llenar mi boca del dulce sabor de casa. Mi experiencia proustiana se trunca cuando el vendedor le echa un puñado de pimienta. Al ver mi gesto contraído, un turista gringo asume la responsabilidad de ilustrarme sobre los sabores locales. Saco el teléfono para huir de él.

Descargo el archivo.

Ahora entiendo por qué Pato no ha tenido el valor de enviarme su propuesta él mismo y ha recurrido a la abogada. Ha cercenado con saña los restos de nuestro padre: desde la cuenta del banco y la camioneta del trabajo hasta sus zapatos.

En esa frontera, donde las crestas se clavan en la niebla, se desmorona ese credo de mi madre que habla de la lealtad infinita de la familia. Lo repetía como un rosario. Cuando yo llegaba a casa después de la escuela, muerta de devoción por mis amigas, ella se encargaba de desbaratarme la película *teenager*: «Esas amistades son pasajeras. En la vida solo me tendrás a mí y a tu hermano».

¿Éramos la confirmación de que las herencias son una bomba de relojería?

Me sumerjo en ese inventario y paso renglones hasta dar con la dirección de nuestra casa. Como si hubiera sido obligado a no echarme de ahí, Pato la divide en tres porciones de 33,33 por ciento. Me sorprendo suspirando, aliviada. Incluso dentro de su lógica, un pedazo de esa casa me corresponde. El resto, todo para él.

—¿Qué pasa? *Tot bé?*—me pregunta Arnau.

Cierro el teléfono.

—Nada, todo bien.

Sin embargo, hay muchas curvas en el camino.

Mi pensamiento rebota de un punto a otro del entramado familiar. Trato de no envenenarme contra Pato. Prefiero culpar a quien ya no puede asustar ni contraatacar: mi padre. Él solía contar que financiaba mi vida en Barcelona. Necesitaba ese relato. Que todos creyeran que me mantenía le granjeaba admiración. No quería que su nombre fuera asociado con el de la negligencia paterna; pasar del mito al cliché. Pato, seguro, se había comido ese cuento.

La verdad era otra y era tan meticulosa como las cifras de mi hermano: cero, cero, cero. Yo no había recibido ni un centavo de mi padre desde que decidí no volver a México. Me lo dejó claro: «No voy a patrocinar una vida de libertinaje con la que no comulgo».

Después de esa conversación, hubo años de silencio. Cada vez que yo marcaba a casa y preguntaba por él, mi madre mentía (mal): «Está en una reunión» o «Trabajando hasta tarde» o

«En casa de tu abuela». Entonces telefoneaba a mi abuela y ahí ella, mi tía Lupe o mis primos me decían: «Qué pena, justo se acaba de ir. Por poquito lo alcanzas».

En el mensaje de la Lic. Esther hay otra sorpresa: mi padre tenía un seguro de vida, ajeno a la ley de sucesiones. Se ha repartido ya a partes iguales. Reviso mi cuenta mexicana. Unos cuantos ceros coronan mi calderilla.

No quiero ser ingrata, la niña consentida que reniega del envoltorio de su regalo de cumpleaños. Pero sí la mujer que, en plena treintena, vive libre de la sombra de su padre. Se dice que el dinero no compra la felicidad, pero sí el alivio para las penas. Así que cojo el dinero y se lo transfiero casi todo a su hermana, mi tía Lupe.

Con la profundidad de las montañas frente a mí, me aferro al teléfono como si fuera la palanca de un avión en picada. Tengo la sensación de que si bien Pato y yo nos estrellaremos al mismo tiempo, caeremos en dos islas distintas, separadas por un estrecho con el nombre de mi padre.

Ipoh

El rostro del Sr. Li

Fue el Sr. Li quien se me acercó. Yo echaba la mirada hacia arriba, siguiendo el camino de las rocas y las estalactitas. Luego hacia abajo, fascinada por el revuelo que provocaba el chisporroteo de las gotas en un estanque lleno de carpas. Me sacó del ensueño con una pregunta:

—¿Viajas sola?

—No —contesté—. Con *my husband* —dije, por si acaso, consciente de que el libre deambular de las mujeres levanta sospechas.

Cuando supo que venía de México, dijo «Hola, buenos días» en español, con un marcado acento de su lengua natal y una sonrisa. Luego, para que no hubiera sorpresas, me reveló la enseñanza que había venido a compartirme:

—*Monuments don't talk. People do.*

Con una naturalidad que sugería que no era la primera vez abordando así a una persona desconocida, me indicó que lo siguiera. Ahora cruzo tras él las entrañas de esta cueva que huele a incienso e historia. Sus recovecos guardan el eco de los martillos que, hace un siglo, extrajeron el preciado estaño. Hoy funge como templo, con sus altas deidades doradas adornadas con velas y flores, un refugio de silencio para el cuerpo y el espíritu.

El Sr. Li se detiene ante una pared infinita de estrías verticales. Me pide que identifique, en un punto muy arriba de la piedra, un rostro humano tallado por la propia naturaleza.

—¿Lo ves?

—No.

—Sigue intentando.

Mientras me esfuerzo en descifrar la roca, el Sr. Li me narra su historia. Es originario de Ipoh. Afirma estar orgulloso de su ciudad y de poder compartirla con los visitantes. También se describe «contento de haber aprovechado la vida para ver el mundo». Me cuenta que, en su juventud, viajó de mochilero por Asia, Europa y Medio Oriente. A finales de los setenta, gastó todos sus ahorros en una van que, junto a tres amigos, condujo hasta Portugal. Tiene una imagen muy viva de Teherán, pero la más nítida es la de cómo logró salir del país gracias a la ayuda clandestina de unos profesores de inglés. De Irán su relato salta a Praga, donde se emborrachó con unos exlíderes de las míticas protestas del 68. Luego, a cuando unas bailarinas lo colaron al *backstage* del Moulin Rouge. También guarda un buen recuerdo del sistema de correos europeo. Mientras cruzaba el continente, me asegura, cada día le enviaba cartas y postales a su padre.

El Sr. Li es hijo de los sobrevivientes de la ocupación nipona. Durante la Segunda Guerra Mundial, Japón invadió la península malaya como parte de su ofensiva contra las posesiones británicas en el Sureste Asiático. Ipoh tenía un alto valor estratégico tanto por su ubicación geográfica como por su riqueza minera. La invasión, que duró casi cuatro años hasta las bombas de Hiroshima y Nagasaki, trajo una fuerte represión para los civiles, traducida en todo tipo de vejaciones, censura y trabajos forzados; especialmente contra los ciudadanos de etnia china, hacia quienes los japoneses guardaban un profundo rencor histórico.

Cuenta el Sr. Li que, a su vez, su padre le contó que todos los cines de Ipoh tenían prohibido exhibir películas que no fueran japonesas. Como era de esperarse, estaban siempre vacíos. Para incentivar la asistencia, las autoridades decidieron un día proyectar una película occidental de *cowboys*. Por más que lo intenta, no puede recordar cuál, y su padre, que se acerca a los noventa años, prefiere haberlo también olvidado. ¡La sala estaba a reventar! Al finalizar el filme, los espectadores se dieron cuenta de que todas las salidas estaban cerradas. Salvo una. Allí los esperaban los soldados japoneses para propinarles una brutal golpiza a todos y cada uno de ellos.

–Mi padre no volvió a ver películas. Decidió buscar en la gente real qué de maravilloso quedaba en el mundo. Él me empujó a viajar –me dice, con la mirada fija en las estalactitas–. ¿Y tú? ¿Hablas con tu padre?

Contesto que sí, pero no le digo que solo en sueños.

–¿Ya logras ver el rostro?

–Todavía no –digo, apretando más los ojos.

–Yo tampoco.

Y suelta una risilla traviesa.

—Bien. Es momento del ritual. *Let's go!*

Con entusiasmo, lo sigo hasta el final del túnel. Llegamos a un jardín donde un grupo de jubilados realizan un deporte parecido al taichí pero con dos raquetas, pasándose una pelota de una a otra con movimientos suaves. El Sr. Li le hace señas a su buen amigo Lao para que se nos una. Miro a mi alrededor y no encuentro a Arnau. Quiero avisarle a dónde voy, pero no me separo de mis guías, convencida de que algo muy especial me espera. Imagino cánticos, campanas y flores de loto. Nos quitamos los zapatos para atravesar un sendero de piedrecillas que promete, según los letreros, deshacer nuestros nudos. Li, Lao y yo llegamos hasta el pie de un monte, donde otro hombre, Sam, se encuentra apilando ramas secas y hojas de periódico hechas bola. Es la pira funeraria, me explican, para la guardiana de estas montañas.

—¿La deidad? —pregunto.

—¿Qué? ¡No! —ríen todos—. ¡Una cabra!

Sí, yo había entendido *god* en vez de *goat*.

Me cuentan que hacía días que no la veían, así que organizaron una brigada de búsqueda. Encontraron su cadáver a punto de ser devorado por unas *lizards*. Dicen *lizards*, yo imagino dragones. Ahora, para que su espíritu siga cumpliendo su destino, necesita este ritual.

Nada de mi fantasía exotista se cumple. Encendemos el fuego y ellos se limitan a ponerse al corriente de sus vidas. Así me entero de que Sam trabaja como encargado de la seguridad del templo y de que Lao acaba de jubilarse. El Sr. Li pregunta cuál de sus dos hijos ha tomado el relevo del negocio. No hay ningún gesto paranormal. El único enigma es si de verdad el cuerpo de la cabra se deshace bajo las llamas. No huele a carne incinerada.

Después de unos minutos, la hoguera empieza menguar, al igual que nuestra conversación. El Sr. Li mira su reloj y saca de su mochila un táper. Se excusa: debe ir a alimentar a los perros que custodian el jardín medicinal.

—La gente sigue robando las hierbas —se queja Sam.

Aprovecho la pausa y también me retiro. Alego que debo ir a buscar a *my husband.*

Mientras cruzo el jardín, me cuestiono por qué reservamos lo místico solo para lo inexplicable. Si la resistencia de un joven malasio a un régimen autoritario, si una cabra a punto de ser devorada por lagartijas, si el libre paseo de una mujer mexicana no cuentan como eventos extraordinarios, ¿qué es entonces lo extraordinario?

Finalmente diviso a Arnau a lo lejos. Está fotografiando a los del taichí-tenis. Cuando llego hasta él, lo escucho pedirles su contacto para enviarles las fotos. Los señores le dictan, encantados, sus direcciones de correo.

Quizá Arnau sabía de antemano la lección del Sr. Li.

De nuevo dentro del templo-cueva, me reencuentro con Li y Sam. Li le pregunta a Arnau si acaso ya terminaron la Sagrada Familia, si el turismo ha dañado tanto la ciudad como dicen en las noticias, si Catalunya va a independizarse. Antes de que Arnau pueda decir palabra, Sam nos interrumpe para llevarnos hacia un rincón de la cueva que no habíamos visitado todavía. Quiere mostrarnos algo que pasa desapercibido a los turistas. Apunta con su mano a lo alto de una de las paredes y ahí, entre las formas irregulares de la piedra se asoma un rostro humano.

El Sr. Li me mira como diciendo: «¿Ves? ¡Te lo dije!». Intento hacer una foto, pero la oscuridad impide revelar el acertijo.

Ya a la salida, nuestro nuevo amigo efímero se ofrece a llevarnos en su coche a otro templo. Está lejos como para ir andando y promete que vale mucho la pena.

—Tras cruzar la cueva, llegarán a lo que parece el fondo de un volcán. Ahí está el santuario de las tortugas —nos explica. Más tarde agradeceremos ese consejo, es un lugar precioso.

Al despedirnos, en la antesala de una nueva experiencia, me siento un poco desamparada. Siento la necesidad de conservar al Sr. Li en mi historia, de echar una leve ancla en esta ciudad a la que tan orgulloso llama *my home*; pero no hay intercambio de contactos ni una *selfie* que certifique nuestro encuentro. No me atrevo a sugerirlo. Él parece indiferente a estas ataduras. Imagino que no tendrá fotos ni de aquellos profesores iraníes ni de las bailarinas francesas.

Hoy, el rostro del Sr. Li es una mancha que no podría reconocer en la multitud. Sin embargo, permanece tallado en mi memoria como un relieve secreto.

Kopi o Kosong de madrugada

Cada mañana, mi voz cantarina saluda a Ezequiel en un mensaje de audio en el teléfono. El sonido de la ducha me sirve como resguardo. Le pregunto cómo está, cuáles son sus planes para el día. Su respuesta es una fantasía futurista audiovisual: durians eléctricos, árboles saltimbanquis, su balcón como una isla de neón flotando en la medianoche. Muchas fotos suyas: su reflejo en el espejo de un camerino, su silueta en un vagón del metro, su sombra en el cristal de un rascacielos.

Quiel
Mándame tu voz recitándome tu poema del aguacate.

¿Ahora?

Quiel
Sí, ahorita, por qué no?

Ahorita no

Además, ¿se puede saber para qué lo quieres?

Quiel
Para que no se me olvide lo esencial.

¿Qué es lo esencial?

La foto de una botella de salsa Valentina en la encimera de su cocina.

Reímos. Más bien, escribimos «jajaja».

A veces, lo pillo en un descanso entre clases. O en esa cafetería en la que me enseñó a pedir *kopi o kosong*: café negro sin azúcar. Esta noche, en una reunión de amigos en su casa.

Quiel
Por qué no estás dormida?

Porque mi cabeza es una laguna seca poblada por alacranes. Un terreno ideal para que mi insomnio levante un campamento. No obstante, cuando hablo contigo, Quiel, atravieso el secarral con la ilusión de encontrar agua.

Le respondo con una mentira:

Jet lag

No le cuento que el oasis tiene un alto precio de entrada: soportar los maratones de reclamos con Pato.

En las madrugadas de intercambios con Quiel, descubro que mi hermano teclea con la rapidez del autor poseído por la urgencia del *bestseller*. Su muletilla es *loquemipapáhubieraquerido*. Es decir, lo que él quiere.

> **Pato**
> Lo justo es que se te descuenten todos esos años de manutención.

Me enerva tanto que se crea el cuento de que mi papá me mantenía que apenas puedo contenerme de gritar mi frustración. Así que me encierro en el baño a teclear con los dedos como garras. Ningún lugar más adecuado para dos buitres que un retrete.

Pregunto si descontaremos también su casa, los pañales de su hijo y los trozos de mi madre que utiliza como niñera.

Él alega que se partió el lomo toda la vida trabajando con mi padre mientras yo jugaba a la vida bohemia.

Yo pienso que, como nunca hizo nada por sí mismo, ahora quiere disfrazarse de patriarca y ser una copia chapucera de mi papá.

Él contraataca usando a mi tía y abuela. ¿Quién se va a encargar de ellas?

Mientras mi hermano revolotea sobre mí, Ezequiel me está invitando a montar una obra de teatro. Yo escribo, él dirige. Los dos actuamos. Salto de chat en chat con la esquizofrenia de una frontera dibujada en el suelo: día y noche, consuelo y reproche, México y Malasia. Que nos vayamos de residencia artística. ¿A dónde? A Bélgica, Polonia, China… ¡Vale madres! El punto es ir juntos. En medio de ese huracán, China parece la opción más sensata. Justo cuando mi transbordador enfila hacia allí, escucho golpes en la puerta.

—¿Lula, estás bien? —Es Arnau—. ¿Qué haces despierta?

—Estoy hablando con mi mamá —le miento con la voz áspera de la madrugada. Le cuento de mis riñas familiares, que son ciertas, pero oculto que son el telón tras el que se encuentra Ezequiel. Omito que mis mensajes con él son una única conversación dilatada en un tiempo sin relojes. Nos damos los buenos días pero nunca las buenas noches, así desde que partimos de Singapur.

Arnau me cree y vuelve a la cama.

Quiel
Oye, se me está ocurriendo...
Y si volvemos a México?

¿Volver?!?

Quiel
Un ratito nomás. Vamos, les demostramos lo que hemos conseguido y nos largamos otra vez.

Sopeso, como nunca en más de diez años, la posibilidad del retorno. No logro imaginármelo. ¿Sería como despertar de una hibernación? ¿O el comienzo de una vida totalmente nueva? Me seduce la idea de vivir en un lugar donde nadie me persiga, donde mi presencia no despierte sospechas. ¿Es México ese sitio? Una tercera parte de la casa familiar va a quedar, oficialmente, a mi nombre. Quizá bajo un techo que no ha de derrumbarse, la que fui y la que soy pueden finalmente hacer las paces. Pero ¿qué tan mía puede llegar a ser esa casa si está gobernada por los graznidos de mi hermano?

Quiel
No mames, tengo otra idea más buena todavía...

Quiel
Quédate conmigo en Asia! ♡♡♡♡♡

¿Lo dices en serio?

Quiel
Estaría chingonsísimo, no? Vamos viendo. Por lo pronto, nos vemos en Penang!!!

Penang, una promesa.

En ese estrecho baño color cemento, en la penumbra de lo inconfesable, vuelvo a ser una adolescente con la ropa interior a media pierna, en la frontera del deseo y el temor a ser descubierta. Las puntas de mis dedos ya no hieren, ahora se deslizan sobre la piel, rastreando un nombre como una X en un mapa.

Y, de repente, de las estrías de la laguna seca brotan unas aguas turquesas. Se disuelven los alacranes. Ahogo mis gemidos pero, fascinada, me dejo envolver en su rumor, una sensación conocida pero que hoy parece completamente nueva.

Ipoh → Tanah Rata (Cameron Highlands)

Nocturno de las tierras altas

sol en desbandada
curvatura de las tierras altas
verde cumbre nido
de la humeante boca de la noche

awas, el camino ruega precaución

    hay señal de vida en el abismo
    amarillosas larvas gordas pulsando como incendios
    ventanas gotas de ámbar correteando hacia el cielo
    fuegos fatuos danzando en botellas de cristal

los merantis son arrancados de raíz por las jirafas de acero

awas, el parpadeo es una insinuación

rumbo a la fosca noche del desvelo
viaja en el vientre eléctrico de un insecto

trémulo el sueño de mi piel sombra

voz rota que arrastras del tiritar el frío
voz rota agazapada en el anhelo
¿dónde calentarás el agua para el té?

un hombre hambriento apaga el paso de las jirafas
en un manto de neblina se enraíza el corazón de las tierras altas

awas, la sombra ruega descanso

temerosa carne no se deja acariciar

Tanah Hata (Cameron Highlands)

Verde I

Los paisajes naturales son un laberinto para el ojo citadino, educado en el gris cemento, el negro asfalto y el rojo ladrillo. Cuando afirma haber domesticado todos los matices de las selvas, los pliegues del océano y las escalas del hielo, es la soberbia quien habla.

En los bosques del Ártico, por ejemplo, la nieve cubre todo el terreno. Su brillo se funde con el del cielo, que también es un tapiz de blancura. La línea del horizonte desaparece. Incapaz de reconocer puntos de referencia en el blanco sobre el blanco, el paseante aficionado se extravía. Queda atrapado, vagando sin rumbo dentro de una esfera nívea.

Con el verde pasa algo similar. El verde se esconde en sí mismo, camuflado en su inherente dualidad. La palabra camuflaje proviene del italiano *camuffare*, que significa ocultar. Las plantas encierran en su interior el pulso del movimiento y la euforia de la luz y sus sombras. Por fuera, se visten de serenidad y silencio. Lo fascinante es que los opuestos no se niegan, se complementan.

La esencia del verde es un espejo que evitamos mirar porque nos enfrenta a nuestros propios vacíos, a lo mal que sabemos estar bien cuando en el corazón hay un remolino.

Rutas para el extravío

Les cuento nuestra andanza por el monte a Ali y Emi, una travesía verde, sin estridencias ni gestas dignas de película de acción porque todo ocurrió en el interior. Arnau y yo avanzamos, ascendimos, dimos vueltas. Aguantábamos el frío solo porque no parábamos ni a descansar. Él elevaba los brazos como implorando la misericordia del GPS, pero la selva no tenía intención de soltarnos.

Ali se limita a escucharme. Emi se expresa con la seguridad de quien conoce las esquinas del laberinto:

—Hay dos maneras de gestionar el hecho de estar perdido: o lo resuelves o lo habitas.

Conocí a ambos la noche anterior. Se me presentaron como si el encuentro hubiera sido programado meses atrás. Había salido a la terraza del hotel a fumarme la excusa para charlar con Quiel. En la mesa contigua, un chico tiritaba al lado de otro que juraba reconocer cada estrella. Emi, envuelto en un chal que parecía un tapiz persa, era vivaracho como una mariposa. Solo frenaba su vuelo cuando Ali le tocaba ligeramente un brazo para que recuperara el aliento. Por el contrario, Ali era un gato. Su cabellera, tan negra como sus ropas, le caía como una cortina hasta la mitad de la espalda.

—Así que de Barcelona, ¿eh? No conocerás a Messi, ¿o sí? —me preguntaron con travesura.

—No, pero una vez estuve a tres empanadas de él.

Tuve que explicarles qué era una empanada y qué tenía que ver con Messi para que pudieran reírse de mi chiste. Después de un rato, nos dimos las buenas noches. Emi presagió: Mañana seguiremos charlando.

Una noche más tarde, aquí estamos.

—Habitar el extravío o resolverlo: no siempre es una decisión voluntaria —continúa Emi. El aire enigmático de sus palabras me recuerda a la oruga de *Alicia en el país de las maravillas*, pero en lugar de una shisha sostiene entre sus manos una taza de té—. Usualmente, la decisión queda en manos del miedo.

—Pero el miedo te ciega.

—Solo si tú le dejas. ¿Qué hicieron ustedes en medio del bosque?

Nuestras piernas y estómagos eran un nudo de cansancio, hambre y frío. Arnau propuso desandar; yo, avanzar. Ya habíamos alcanzado un pico alto, abierto al cielo. Hacía rato que andábamos en resbaloso camino de la gravedad. ¿No hay que tocar fondo primero antes de salir del pozo?

—Le convencí de seguir adelante —les explico.

Antes de Arnau, viajaba siempre sola. Avisaba a mis compañeros de piso mis fechas de ida y vuelta y me largaba con la mochila a cuestas. Inevitablemente, terminaba perdida. En un poema viejo, escribí: «a veces me pienso muerta en una tierra ajena / y dudo si habrá pieles en las que ardería mi ausencia». Cuando Arnau se sumó a mis periplos, me di cuenta de que ya no tendría un punto final en un destino extraño, sino que mis episodios de extravío serían fragmentos de una línea continua.

—La incertidumbre borra el horizonte para que puedas mirar dónde tienes los pies —dice Emi.

Tiene razón. Después de un rato, empecé a reconocer los matices, formas y tamaños del verde, el riachuelo donde me hundí hasta las rodillas, unas ramas esquivadas horas atrás. Entonces, entre el caos del follaje, Arnau distinguió un destello familiar: un lacito amarillo atado a una rama. ¡Vamos bien! Unos pasos más adelante, otro lacito, y otro y otro hasta que encontramos un sendero y turistas con ropa fosforescente y bastones de *trekking*.

La salida nos condujo a un pequeño huerto privado. Esquivamos algo que parecían coles. Saltamos una verja de madera. En la calle se escuchaba el barullo de un patio de recreo. Nos sentamos en una banca a reírnos de nuestro sobresalto. Arnau dijo: Pero mira qué nos ha venido a salvar… *la independència!* Pronunció la palabra como si nunca hubiera salido de Girona. Me mostró sus fotos de los listones amarillos, símbolo, al otro lado del mundo, de la lucha por la libertad de la nación catalana. Arnau se sintió cobijado por su tierra en el lugar más improbable.

Para el verde de las montañas malayas ahora hay también un relato catalanista, pensé.

—En la unión con la geografía está la diferencia…

Un ataque de tos interrumpe a Emi y pone a su compañero en alerta. Ali le quita la taza de las manos, le pone un pañuelo en la boca y le da unos golpecitos en la espalda. Le dice:

—Es hora de descansar.

Los tres nos ponemos de pie.

—¿La diferencia entre qué? —pregunto, curiosa sobre el resto de su moraleja.

—Entre habitar y resolver, entre perderse y estar perdido.

Verde II

Escribió Lawrence Osborne que las selvas salvajes resultan «aburridísimas» cuando se contemplan desde un vehículo en marcha. Tal vez nunca asomó la cabeza por la ventana. Quizá nunca viajó a cielo descubierto en la caja de una *pick-up*.

Mi papá solía llevarnos a mí y a mi hermano así, en su camioneta del trabajo, a recoger elotes de un terreno que tenía a las afueras de la ciudad. A Pato y a mí nos encantaba aquella sensación de temeridad, de viento en la cara, de desafío. Sin embargo, debíamos permanecer bien sentados los cuarenta minutos del trayecto. Mi padre nos vigilaba por el retrovisor. Apenas nos incorporábamos, encendía las luces direccionales. Una advertencia. Si el camino seguía recto, exhalábamos en señal de alivio. Si se orillaba, el jalón de brazos y orejas era definitivo. Mi padre nos arrastraba hasta el asiento delantero, a su lado. Ahí sí nos entraba de verdad el miedo en el cuerpo.

En aquel laberinto de maíz, Pato y yo jugábamos a perdernos. Mi papá hacía las veces de monstruo, y nosotros huíamos y gritábamos y, a veces, nos quedábamos quietecitos para que no nos encontrara. Un ¡bu! inesperado nos hacía brincar y salir de nuevo a la carrera. Eso sí, primero había que recoger los elotes. El juego era la recompensa.

El miedo y la emoción de aquellos trayectos con mi padre me enseñaron a sentir más que a mirar. Entre los surcos del maíz aprendí que el verde no se observa con los ojos, sino con la piel. Ahora, en Malasia, sé que si atraviesas una selva es para dejarte engullir por ella. Que el verde sobre el verde, dentro del verde, bajo el verde, exige la expansión de los sentidos. El fin no es la dominación de la naturaleza –como muy británicamente pretendía, seguro, Mr. Osborne–, sino la mutua domesticación.

«Domesticar» proviene del latín *domesticare* que, a su vez, deriva de *domus*, que significa «casa». Ser casa para habitar la casa.

La hora del té

En 1885, Sir William Cameron se adentró en estas montañas con el fin de cartografiarlas. Hasta entonces habían sido habitadas por los pueblos autóctonos a los que hoy denominan Orang Asli –en malayo, «persona original»–. Al encontrarse entre troncos cubiertos de musgo y valles envueltos en niebla, el británico corazón de Cameron fue golpeado por lo que en inglés se llama *homesickness*, esa tristeza provocada por echar de menos el hogar y la familia. En español se suele traducir como «nostalgia» o «añoranza», pero es inexacto. En ese instante, Cameron supo que aquel territorio debía ser su segunda casa. Hoy ya nadie se acuerda de su nombre original.

Más de un siglo más tarde, Emi viene a las tierras altas a buscar lo mismo que Sir Cameron: un lugar fresco donde huir del calor.

—Es por mi cáncer —revela, poniendo una mano en un lugar inexacto entre su vientre y sus pulmones—. Voy a mudarme aquí. En aquella colina construiré una casa.

—¿Cuándo?

—Oh, no sé. No tengo prisa.

Se lo diagnosticaron a los treinta y cuatro años. Han pasado siete. *My cancer*, le llama, como cuando dices «mi perro» o «mis gafas de leer».

—Ya no puedo comer *spicy food*. Solía encantarme.

Emi roza sus labios con dos dedos como indicándonos el camino de su enfermedad. Habla de úlceras, pero su boca está impecable, carnosa, casi orgullosa de que, al menos hoy, sus palabras pequen de inexactitud.

El restaurante es un local de paredes verdes y mobiliario de plástico donde la televisión encendida es parte de la decoración. Todos allí reciben a Emi y Ali con un afecto que sobrepasa el usual y atento trato hostelero malayo. Hay, para Emi, reverencias y besos en las manos. Dos jóvenes se apresuran desde la cocina solo para verlo. Él da golpecitos en las cabezas de unos niños que son obligados a acercarse. La dueña del lugar le regala una bolsa llena de fruta y dos briks de leche, como las ofrendas en aquel templo a la diosa Kali.

—Es el trato que recibimos los de la realeza —dice Emi.

Arnau y yo nos miramos con desconcierto.

—No le hagan caso. No es verdad —le contradice Ali mientras le entrega a la dueña del restaurante un táper con arroz y verduras hervidas sin sal.

—Dios recompensa a los generosos —remata Emi.

Me pregunto qué recompensa está buscando él esta noche.

La mesa pronto se atiborra con los platos elegidos por él para nosotros: *nasi goreng*, pescado agridulce, res salteada con pimientos, un *telur dadar* y una sopa clara sin picante que sí puede tomar. No puedo evitar fijarme en su mano hundiéndose en el arroz, embarrando de okra y zanahorias la constelación de fastuosas piedras que la adornan.

Dicen que en las sobremesas hay tres temas a evitar: política, religión, fútbol. Quizá en Malasia no exista esa advertencia. O tal vez Emi está por encima de cualquier normativa popular porque, como dando un sorbo más de sopa, me suelta:

—¿En México diferencian entre Alá y Dios?

Arnau deja de masticar y me mira, expectante. Yo me tomo unos segundos. No quiero pronunciar el nombre de ningún dios en vano. En mi cabeza desfilan la monja que me dijo a los once años que masturbarse era pecado mortal; el cardenal acribillado por los narcos; los radicales islamistas que atropellaron a decenas de personas en La Rambla; los Budas dorados que no me dejan ver porque soy mujer; el párroco de Barcelona que, por unos eurillos, me certificó a distancia como madrina de mi sobrino; y mi ex vecina musulmana, que odiaba el Ramadán porque, según sus quejas, treinta días del mal humor de su marido eran suficientes para querer cambiar de religión.

—¿No es lo mismo? —respondo con sarcasmo.

Emi parece satisfecho. Me siento como si hubiera superado un examen.

—Occidente no entiende el islam —dice entre bocados—. Confunden religión con cultura, fanatismo con raíz. No quieren ver que podemos coexistir en paz, incluso con nuestras diferencias.

—Como con Singapur —interviene Ali, que llevaba rato absorto en las noticias de la tele.

—¿Qué pasa con Singapur? —pregunta Arnau.

—Nos llevábamos fatal hasta que se independizaron.

—Porque la independencia no es solo una vía, es *la* vía.

—¡Bah! La independencia no existe —irrumpe Emi—. Todos tenemos un dueño.

—Pero es mejor si tú mismo eliges a ese dueño, ¿no?

—¡Ah! Entonces si es alguien de los tuyos ¿la cadena aprieta menos? ¡Qué tontería!

La risa de Emi pone a Arnau en alerta, como el perro que escucha la puerta de su casa abrirse y no entiende si hay que alegrarse o enseñar los dientes.

—Cuéntales lo de Najib Razak —pide Ali.

—¡Ah! ¡Nuestro Primer Ministro! Acaba de ser acusado de corrupción. Malasia es ahora un espectáculo de corrupción con vestido de gala.

—Su esposa tenía un armario rebosante de objetos de lujo: bolsos, relojes, joyas… —describe Ali—. ¡Rosmah Mansor es nuestra Imelda Marcos!

—¿Qué opinas ahora, Arnau? —pregunta Emi con inquina—. ¿Malasia para los malasios?

Siento la pasión de Arnau quemándose en su lengua. Su pierna se agita por debajo de la mesa. Intento tocar su rodilla, pero me aparta. Disimuladamente, miro hacia la mano izquierda de Emi, engalanada también de anillos. Está rascando la planta reseca de sus pies descalzos. Esa mano no ha tocado la comida en toda la noche.

Un choque de cubiertos me devuelve al festín sobre la mesa.

—¿Me vas a decir que preferirías que Singapur no se hubiese independizado? —replica Arnau, enardecido.

—Cada frontera es una grieta.

—¿O que vosotros estaríais mejor bajo Inglaterra?

—No. Pero sí te diré que hay libertades que son un acto dentro del mismo circo.

Arnau cruza los brazos. Se contiene porque no estamos en su casa, donde podría defender a gritos su postura. En la televisión, un hombre mete el gol de la victoria. La sopa se ha enfriado.

—¿Tú qué opinas? —Emi se dirige ahora a mí con ese filo suyo—. México se independizó de España, ¿no?

Habría querido hablar de mil temas: del derecho a decidir; de la basura escondida bajo las banderas; de cómo la pertenencia no se reduce ni a un papel ni a un apellido; de que a veces soy yo quien quiere romper con España, Catalunya, México, Europa y con el mundo entero; pero solo digo:

—Esa lucha no es mía.

—¿Cómo no va a ser tuya? —Arnau vuelve al sobresalto—. *Tu vius i treballes a Catalunya*! *She lives and works in Catalunya!* —repite para Emi y Ali en inglés.

—Pues eso no fue suficiente.

¿Qué quieres decir? —pregunta Emi.

—No me dejaron votar pese a los más de diez años que llevo allí —explico—. Éramos varios preguntando, gente de todos los países. Unos ya con nietos. Nos dijeron: consigan la nacionalidad.

—O sea que, para dejar de ser española, ¿primero tienes que serlo?

—¿Puedes creerlo? ¡Como si te dieran la nacionalidad con tan solo pedirlo! —contesto.

—Y ahora que ya lo eres, ¿qué? —me interroga Arnau—. ¿La lucha ya no es tuya?

—¡Ah! —exclama Emi con una risilla—. ¡Así que el pasaporte es el nuevo nombre de los ideales!

Los tres me observan con intriga. Intento desenredar de mi garganta un comentario que me evite los reproches de Arnau y que, al mismo tiempo, me salve de mentirme a mí misma. ¿Cuándo acaba el periodo de adaptación y comienza el arraigo? No quiero admitirlo, pero una parte de mí siente que eso fue lo que hice: acomodarme en el pasaporte que Arnau odia.

—Ahora mismo ya no sé cuáles son mis ideales —atino solo a dar esta respuesta cobarde.

—¡Y una mierda! —Arnau golpea la mesa. Su voz tiembla. Se levanta con brusquedad y sale del restaurante. Sus pasos alejándose me amargan los bocados.

En la mente de Arnau, España es una anciana autoritaria y caníbal. Bernarda Alba con cetro y corona. Un monstruo purulento que se resiste a soltar a la princesa.

En la mente de los españoles, España es una convención familiar de primos que no se han visto jamás, pero que fingen cariño con el fin de obtener un trozo de la herencia de la abuela.

Catalunya, por su parte, es un pueblo encerrado en la creencia de que merece una familia mejor.

Pero hay familias que no se eligen. Y te arrastran consigo a la fuerza sin preguntarte si quieres venir, quedarte o marcharte.

Emi observa a Arnau irse con el gesto orgulloso del titiritero que ha recibido una ovación de pie. Ali le comenta en malayo algo que interpreto como un: «te pasaste». Luego se levanta, haciendo un gesto con la mano para que Ali no lo siga.

—Voy a hablar con él.

En el repentino silencio repaso mi lista de patrias propias: la casa de Guadalajara, Barcelona, nuestro pisito de la calle Rocafort, incluso mi propio cuerpo. ¿Por cuál de ellas he sentido *homesickness*?

—¿Quieres té? —Ali me devuelve a Cameron Highlands.

Asiento. Él llama a la mujer del restaurante. Ella prepara el té con leche delante nuestro. Lo vierte de una taza a otra, de una taza a otra, en un vaivén que devuelve la calma. Una espuma cremosa se crea poco a poco en la parte superior.

—No te lo tomes personal. Le gusta poner a prueba a la gente.

—¿Siempre fue así o solo desde el cáncer? —pregunto, sin preocuparme de si mi cuestionamiento resulta cruel.

—Hace mucho que no cree en nada. Por eso le gusta hacer amistad con extraños.

Tomado del brazo de Arnau, Emi vuelve dando pasos muy cortos.

—¡Ah, *teh tarik*! —exclama—. Buena elección. El té pone siempre todo en su lugar.

Luego acerca su rostro a la taza para darle un largo respiro. Su aroma nos une en una tregua silenciosa.

—El té es la memoria líquida de nuestro pasado y un símbolo de libertad. Quizá algún día ustedes también tendrán uno.

No sé si lo dice por Arnau y por mí o por Catalunya y España. Arnau le sonríe y choca su taza con la suya, pero a mí no vuelve a dirigirme la mirada en toda la noche.

A veces, las fronteras que condenamos son esas grietas donde nacen nuevas formas de ser y estar juntos.

Verde III

Arrancamos las plantas sin un ápice de remordimiento, taladramos sus raíces y erigimos lápidas sobre sus hogares. Y sin embargo, cuando la naturaleza reclama su espacio, no hay muro que no se resquebraje ante su fuerza.

El templo de Ta Prohm, en la ciudad de Angkor, Camboya, es una prueba viva de la salvaje voluntad del verde. Los árboles se enroscan como boas en los vestigios de la construcción humana y se aferran a las paredes, a veces triturándolas y, otras, simplemente abrazándolas. Es una simbiosis inscrita en la memoria del mundo, un pulso eterno entre las diferentes encarnaciones de la naturaleza.

Mi padre, que erigió el sueño de su vida a paladas de cemento, solía extender el refrán de «hierba mala nunca muere» con un toque de pragmatismo personal: «No hay fierro más poderoso que la hierba salvaje». Con ello, explicaba que todo podía ser solucionado con fuerza bruta y perseverancia. Donde acababa la razón, triunfaba el impulso de la voluntad.

No mucho antes de que muriera, durante una videollamada, contamos los años que llevaba yo viviendo en Barcelona.

—¿Ya tantos? —exclamó—. ¡Mira nomás, no hay fierro más poderoso que la hierba salvaje!

No supe interpretar sus palabras. ¿Soy la hierba que vence al cemento (la hija que mata al padre)? ¿O no soy más que hierba mala que debe ser arrancada (el padre que mata a la hija)?

Ya nunca comprobaré cuál de ellas era cierta.

Lo que sí he aprendido es que, al final, hierba y cemento sucumben al paso del tiempo. Y solo en la mutua rendición es posible el abrazo.

Día de muertos

Grave, pausado, como un corazón en trance, el canto emerge de la caverna y me invita al interior del templo. El reluciente color naranja, presente en mis flores y en las túnicas de los monjes, sirve de puente entre dos mundos hermanos. Quito mis zapatos con parsimonia. Me hinco en una esquina, buscando la invisibilidad. Saludo a Buda. El murmullo de los rezos se mezcla con el incienso. Su dulzor me atraviesa hasta llegar al hueso. Es el Día de Muertos. No en Malasia, sino en México, en mí. El Día del Muerto, el año del muerto, la vida del muerto.

Papá.

A menudo me recrimino no ser capaz de recordar su voz en un tono diferente al de un grito enfadado, como si solo hubiéramos compartido diálogos rotos. Como si no hubiera aprendido a quererlo bien, a entenderlo bien, a ser su hija. Hace un año que se fue, pero está más presente en mí que cuando vivía, una herida que se abre en la penumbra, como una flor nocturna. Cuando parece que se esconde, lo busco, lo invoco. Especialmente hoy, el día en que se tocan su mundo y el mío.

Quiero dejar una ofrenda, encender una vela, alumbrarle el camino hacia esta casa rodante que somos mi viaje y yo; mas no entiendo los códigos, me preocupa ser irrespetuosa. Intento contener mis lágrimas para no romper el orden de lo sagrado, pero logro llamar la atención de uno de los monjes. Al contacto visual, él inclina la cabeza en señal de saludo. Le devuelvo el gesto, vacilante, como si estuviera aprendiendo un lenguaje ajeno. Entonces, se acerca. Buscando la forma correcta de honrar su gesto, me pongo en pie, pero él me invita a permanecer sentada. Se coloca a mi lado. Me regala una sonrisa tierna y algo en mí se distiende. Se señala suavemente el oído para guiarme a través del canto.

—*Om mani padme hum* —susurra. Su boca gesticula como el padre que enseña las vocales a un niño.

—*Om mani padme hum. Om mani padme hum* —repito el mantra con torpeza; primero en mi mente, luego en el pecho. Finalmente, lo siento vibrar en mi garganta.

El tiempo se detiene, o se pliega, o transmuta.

Mi eco se une al himno de los fieles.

Mi dolor es un canto que atraviesa una frontera entre lo que quiero y lo que debo querer de otra manera.

Pienso en mi hermano y su duelo.

Mi madre y su duelo.

Nuestra pena compartida.

Un altar color naranja y morado. Rosa mexicano. Y azul, rojo, verde y amarillo. La mano de mi padre, ancha y agrietada, depositando calaveras en las mías, pequeñas y suaves. El aroma del mole entrelazado con el del copal, la fruta madura y el pan de muerto recién horneado. Un golpe cariñoso en el dorso de la mano niña: aún no lo podemos comer, es para los difuntos. Una espera llena de canciones alegres que se pueden llorar, de canciones tristes que se pueden reír. *Cómo quisiera, ay, que tú vivieras, que tus ojitos jamás se hubieran cerrado nunca y estar mirándolos.* La palabra grave de mi padre entrecortada por su ausencia. Mi mantra entrecortado por la memoria de su voz, que también pudo ser cariñosa y cercana.

La mano niña deposita la ofrenda de chocolate y cempasúchil. La mano adulta, el incienso y el loto. El ritual del amor y la memoria. El monje, desde el otro lado del templo, me regala un gesto de aprobación. Mi padre y yo, refugiados en el humo dulce de lo eterno, sonreímos.

Verde IV

No sabemos vivir el deseo sino como una carrera febril que desprecia el trayecto. Emi, que tenía píldoras de sabiduría para todo, me dijo: «Entre más se apresura el espíritu en llenar el pozo, más cansado llega a su destino». Tal vez por eso buscaba, sin mucha urgencia, un lugar donde descansar.

En la actualidad, la persona deseante vive inmersa en la comparación y la competencia. Conseguir el objeto anhelado no basta, necesita, además, pavonearse de ello ante sus deseantes congéneres. Le ciega tanto el reconocimiento que no ve que un sueño no siempre vale lo que marca su etiqueta. Hay que encontrar lo que brota pero no se exhibe: el verde bajo el verde. Vivir el anhelo, no consumirlo.

En el *Romance sonámbulo*, García Lorca presenta el deseo en su forma más tormentosa. Es verde como la piel, la carne, lo animal, lo natural, y está a la vista, pero es inalcanzable.

Verde que te quiero verde
Bajo la luna gitana,
las cosas la están mirando
y ella no puede mirarlas.

Este poema expresa la tragedia máxima del deseo insatisfecho. La joven sucumbe al desespero. El joven, perseguido por la fatalidad, hace un último intento por salvarse:

Compadre, quiero cambiar
mi caballo por su casa.

Despojado de toda esperanza, el muchacho cambia las posibilidades de la huida por el riesgo de muerte al quedarse.

Tal vez, como el joven del romance, cuando a nuestra vida se acerca el final, todos deseamos una casa, incluso en mitad de una selva.

Emi también decía: «Los ideales políticos son como las casas: se construyen, se ocupan, se enmohecen, se abandonan, se derriban. Hay que aprender a vivir al aire libre». Murió casi un año después de nuestro encuentro. Lo supe por un mensaje en las redes de Ali. Mandé mis condolencias, dudando que significaran algo para alguien. Ese año, en mi altar de muertos particular, puse un plato de *nasi goreng* picante en su honor. Nunca comprobé si cumplió el deseo de pasar sus últimos días en el verde frescor de las tierras altas. Quiero creer que así fue, aunque solo haya sido por el tiempo que dura un suspiro.

Tanah Rata → George Town (Penang)

Awas

El monzón ha aterrizado oficialmente en la costa este de Malasia. La mitad de la península se sume en la hibernación. El espectáculo natural debe continuar, pero sin público. El gobierno advierte: no hay paso. *Awas*, riesgo de deslave. Los operadores turísticos se enfadan: sus bolsillos no están lo llenos que esperaban. Venden, sin autorización, lo que pueden antes de que el monzón termine de asentarse en el territorio.

Arnau es uno de esos turistas que pretenden burlar la tempestad y adentrarse en una de las junglas más antiguas del mundo: el Taman Negara.

Arnau no sabe que mi insistencia por visitar la costa oeste no es a causa del clima.

Nuestra toma de decisiones es un terreno minado. Arnau intenta convencerme de «lo que es mejor para mí». Volvemos a los dardos. Utilizo un veneno antiguo. Le insto a que regrese, como tantas otras veces, a su destino original: una familia «bien» con una catalanita «normal», como él. A eso, él suele replicar con aspavientos y una mezcla de paternalismo y desdén:

«*Quines xorrades dius!* Si quisiera una catalana no estaría aquí contigo». Pero ahora no. Esta vez dice:

—¿Para qué quieres que te deje? ¿Para que te busques tú un mexicanito romántico que te envíe flores y te cante canciones?

—¡Vete a la mierda! —evado la confrontación con niñerías—. ¡Piérdete en el Taman Negara!

Pero se sube conmigo al autobús que baja las montañas. Compra un boleto a la misma isla que yo: Penang. Sigue a mi lado en el ferry, recargado en la baranda, con medio cuerpo suspendido en el aire.

—¡Aguas! No te vayas a caer —le advierto.

¡Cuidado! La palabra resuena más allá de él. Digo ¡aguas! y también se pone en alerta una familia que está al lado nuestro.

Se dice que en el Virreinato de la Nueva España se arrojaba el agua sucia a las calles al grito de ¡aguas! con el fin de advertir a los transeúntes. Con el tiempo, se utilizó para cualquier aviso de peligro. La coincidencia es solo fonética, pero entre el *awas* malayo y mi *aguas* mexicano siento que estoy en el lugar indicado. Dos advertencias, dos culturas, una misma urgencia.

George Town, la capital de Penang, flota en el horizonte como un carnaval sobre el oleaje. El viento trae hasta nosotros su bullicio, una fusión de música, mar y el murmullo de la vida urbana. Me vienen las palabras del segurata de las Torres Petronas, que insistió en que la visitáramos: Ahí las fiestas son de verdad.

—No parece una isla —dice Arnau.

No. No lo parece.

Su reflejo es como un espejismo, casi una advertencia: *Awas*, riesgo de desengaño. Sin embargo, la brisa es cálida. No hay señal del monzón salvo en mi cuerpo.

Si Arnau no estuviera aquí, yo sabría exactamente lo que ha de pasar en Penang.

Como Arnau está aquí, temo que pase eso que ha de pasar.

Aprovecho la emoción por el nuevo destino para maquillar mis pensamientos, como un caleidoscopio que embellece lo inevitable. Cada aldea, playa, sendero, sabor, es un parche que detiene momentáneamente el sangrado. El viaje como tratamiento paliativo.

Escribo a Ezequiel:

> ¡Nos vemos pronto!

En la doble advertencia del *awas* malayo y mis aguas mexicanas, persiste el riesgo de caída.

Sueño II: ¡Ahí es! ¿Dónde vives?

En mis sueños, vivo en la planta media de un hotel acristalado. Los muebles todavía están empaquetados en sus cajas. Mi padre me entrega las llaves, pero son muchas y pesan como anclas. Al caer, perforan el suelo hasta hundirse en el agua. Sopeso la posibilidad de lanzarme, pero el perro negro quiere jugar. Mi hermano reniega desde la cama, mi ladrido rasga el televisor. Mi madre, de pronto a mi lado, murmura que una noche en vela es una aliada. Su mano translúcida se expande en mi cara como una medusa acariciando el agua. ¿Cómo voy a ver el sol si en tus manos hay temblor? De pronto, ¡Ahí es!, exclama. El perro salta y yo tras él. Nos hundimos en un mar en llamas. Quiero arrancar de mi piel los espejos, pero una mano helada recoge la mía y me arrastra hacia la isla. Extrañado por la curvatura de las llaves, Arnau pregunta: ¿Dónde vives? Vuelvo al agua, el perro aún no sabe nadar.

Dos niños en bicicleta I: la serpiente

Me despierto con una retahíla de mensajes de mi tía Lupe.

Tía Lupe
Gracias por el detallito, pero no puedo aceptarlo.

Tía Lupe
Tú no te apures por nosotros. Aquí no nos falta nada, gracias a Dios 🙏.

Tía Lupe
Y a tu hermano.

Tía Lupe
Tu hermano está muy pendiente de nosotros. Sobre todo de tu abuela.

Tía Lupe
Tú ocúpate de disfrutar de tu viaje.

Tía Lupe
Cuando puedas, pásame tu número de cuenta para hacerte la devolución.

El tufo avinagrado de sus palabras despierta a la serpiente que vive en mis tripas.

Leo el texto en voz alta para Arnau, que está escarbando su mochila en busca de unos calcetines limpios, si es que aún le quedan.

—¿No será una de esas mexicanadas de ultracordialidad? ¿Como cuando das un regalo y, antes de agradecer, te dicen: No hacía falta, no te hubieras molestado?

—Ya, pero ¿pedirme el número de cuenta?

Calculo la hora en México. Prácticamente medio día de diferencia. Intento imaginar qué estará haciendo mi tía ahora: si luchando contra el tráfico o quizá sumergida en la telenovela de la media tarde. Incapaz de distinguir el escenario más conveniente para la ultracordialidad, escribo:

Tía, lo hago con gusto porque desde tan lejos no puedo ayudar de otra manera. Además, es el dinero de mi papá, que es de mi abuelita también.

Es para lo que se ofrezca.

De inmediato recibo el doble *check* azul.

Tía Lupe está escribiendo...

Pausa. Silencio.

Tía Lupe se desconecta.

La serpiente empieza a reptar hacia arriba, mordisqueando las vísceras entre las que escondo la culpa.

—¿No tienes unos calcetines para prestarme?

—Checa mi mochila.

Arnau encuentra un par y me arrastra hacia el día. Primero charla con la administradora del hostal. Luego, desayuno en el changarrito chino: huevos, café, pan, soya. Un escalofrío y un retortijón pasajero. Nada grave, me digo, gajes de comer en la calle. Seguimos. Excursión por el centro. Muchas fotos, muchos turistas, mucho arte del que llaman «urbano». Calor. Humedad. Esmog. El retortijón es ahora un aguijón punzante en mi estómago. No, más abajo, en lo que en España llaman barriga. Recorro mentalmente el camino que mandaba la institución familiar: un avión en el sentido contrario, el cuidado ajeno por encima del descuido propio, la generosidad sobre el hedonismo. También, la cena de ayer: un pescado fresco y carnoso, adobado en una mezcla de especias aromáticas y acompañado de verduras que no había probado jamás. Ahora, fermentado en mi garganta, me da arcadas.

La serpiente se retuerce y, con ella, el hilo que sostiene mis ficciones.

No puedo seguir explorando la ciudad así. Le digo a Arnau que vuelvo al hostal.

—¿Te acompaño?

—No, no hace falta.

Emprendo la retirada. Me abro paso torpe entre un grupo de australianas; atravieso nubes de incienso, de frituras, vapores humanos. Evado los tuk-tuks que me persiguen ofreciéndome viaje. Mi cuerpo se pudre bajo el sol. Imagino mis intestinos reventando bajo la mirada de un triunfante inglés de piedra. Murmullos en todos los idiomas: ¿fue el calor?, ¿la comida?, ¿el karma? Las cámaras capturando mi vientre desgarrado, comida sin digerir alimentando a las ratas. Toda mi mierda estampada en un mural, un graffiti más de los cientos que adornan la ciudad.

Llego al hostal y la administradora reconoce un gesto de ultracordialidad bajo la torcedura de mi cara. Me pregunta si puede ayudarme. Estoy bien, digo, solo tengo que acostarme. Y subo la escalera sin más.

Tendida sobre la cama, me concentro en las grietas del techo, la telaraña, los cansados giros del ventilador. Enciendo el internet en un acto reflejo. Ahí está, de nuevo, mi tía Lupe. Van a dar las siete u ocho de la tarde en México. Las nueve de la mañana aquí. Ya casi se extingue el día allá. Quizá entonces también mi angustia.

Tía Lupe
Ya sé que estás ocupada en tu paseo, pero que no se te olvide tu número de cuenta.

Tía Lupe
Que Dios te bendiga!

En otra vida, habría podido ignorar los mensajes de mi tía Lupe. Estuve muchos años muerta y, los cadáveres, mi padre lo sabe, no tienen obligaciones familiares. Pero yo quiero volver a existir, merecerme el cariño de mi familia, el respeto de mi hermano. ¿He intentado conseguir mi entrada a la familia como si comprara un ticket de avión? Mi tía me deja claro que el pecado de la distancia no se expía con transferencias bancarias. Busco letras nuevas para darle, pero la serpiente tiene otra urgencia. Revienta mi esófago para poder escapar de mí. Corro por el pasillo del hostal con una mano conteniendo mi boca. Maldigo la decisión de elegir una habitación sin baño privado.

Dos niños en bicicleta II: Patricio
José Navarro Marín

Lic. Esther
¿Puedes hablar? ¿No interrumpo tu viaje?

Quiere saber qué he hecho para enfadar tanto a mi hermano.

Nada.

Leo esa palabrita, «nada», y puedo escucharla en el tono de una niña que esconde un vaso roto.

Lic. Esther
Dice que te lo saltaste y que eso es una falta de respeto. Algo sobre un movimiento bancario.

¿Es por el ingreso de mi tía Lupe?

Si me encontrara a la Lic. Esther por la calle, no la reconocería. Es solo un nombre que aparece de tanto en tanto en mi buzón, con noticias burocráticas sobre el juicio sucesorio. Hasta ahora, nada había sido tan urgente como para comunicarse conmigo por teléfono.

Le explico que le traspasé a la hermana de mi padre, mi tía Lupe, una parte del seguro que cobré.

> **Lic. Esther**
> Lourdes, no hagas esas cosas sin consultarme antes.

Lourdes, no Lula. Mi nombre entero como un rugido. Solo mi padre me llamaba así cuando se enfadaba. Ahora que no está, es solo ruido blanco.

> **Lic. Esther**
> Te llamo.

Con la voz insípida de quien trabaja mediando el drama ajeno, la Lic. Esther me revela la acusación: he ofendido a Pato porque es él, y no yo, quien está ahora encargado de la manutención de mi abuela y de velar por la familia.

—¿Legalmente?

—No, pero dice que es lo que tu padre hubiera querido. Como hombre de la casa, Pato es el jefe de la familia ahora.

—¡El hombre de la casa! ¡El jefe de la familia! ¿Pero en qué siglo estamos?

La Lic. me pide que me calme. He gritado. No tengo buena cobertura en la habitación y tampoco me llega bien el wifi. Me da igual. Aquí y en toda Malasia puedo gritar lo que sea y ser nada más que un zumbido de fondo que nadie entiende.

La llamada se corta. Un silencio breve y, enseguida, la notificación de un nuevo mensaje:

Lic. Esther
Ya sé que tu hermano no es el jefe de nadie, pero él cree que sí. Y mientras más enfadado lo tengamos, más demorará el proceso. No te conviene enemistarte con él, ¿entiendes?

No sé si esto último lo dice por la cuestión familiar o por la puramente económica. Al fin y al cabo, ella es la encargada del proceso del testamento. O del no-testamento. Entre más tardemos en solucionarlo, más tarda ella en cobrar su paga.

Quizá es más bien la Lic. Esther quien mueve los hilos de mi familia.

Lic. Esther - Llamada entrante...

—¿Qué opina mi mamá? —pregunto con una expectativa casi infantil.

—Que tu papá hubiera querido que tu hermano llevara las riendas...

La sentencia es un golpe seco en el pecho. Es verdad: nuestro Patito ahora es un señor llamado Patricio José Navarro

Marín, hijo de otro señor, el ingeniero José Valentín Navarro García. Mi hermano fue educado para este momento, nunca consciente de que mi mamá y yo lo aguantábamos sobre nuestros hombros mientras él se preparaba para conquistar el mundo. O a nosotras.

—Pero… —continúa la Licenciada, dejando la frase en el aire.

Según mi padre, yo debía tenderle la cama a Pato, yo debía limpiarle los tenis de lodo reseco después de los partidos de fútbol porque «él está muy cansado y tú no estás haciendo nada». Escribir, para mi padre, era sinónimo de nada. Yo le di a Pato su primera cerveza; lo animé a declarársele a su primera novia; lo ayudé a ocultar las notas por las que casi repite el primer año de la prepa. Yo le enseñé a moverse por el mundo, pero la libertad siempre fue suya por la suerte de su sexo.

«Él es hombre, es diferente».

Eso enunciaba mi papá y eso quería decir que Pato era superior. A mí se me atiborraba la garganta de improperios juveniles con los que reclamaba mis derechos, hasta que él lapidaba la discusión. Mientras vivas bajo mi techo… bla, bla, bla. Y luego, me mandaba castigada a mi cuarto, donde me esperaba Pato protestando: Ya lo hiciste enojar. Por tu culpa ya no me va a querer prestar el carro.

—Pero tu mamá también opina que debes hacer valer tus derechos —me dice la Licenciada.

¡Claro que sí! Veo que la estrategia de mi madre sigue siendo la máscara de múltiples rostros, uno para cada *round*, uno para cada miembro de la familia.

Mi padre siempre la culpó de mi mala educación: «Mala hija de mala madre. ¿Quién va a querer casarse con una mujer inútil que además es rezongona?». Al cabo de un rato, venía ella a mi cuarto con los ojos hinchados, a escondidas, a celebrar que yo me hubiera enfrentado a él y que peleara por lo que me era justo.

—Si tan bien te parece, ¿por qué no me defendiste? —le reclamaba, rencorosa.

—Ay, hija, tú no lo entiendes.

La educación de mi mamá consistía en darme la pólvora y animarme a encender las mechas. Luego, de cara al público, condenaba la explosión. Y, sin embargo, era ella quien limpiaba las botas de Pato. No es tu responsabilidad, me decía con el lodo por debajo de las uñas, y después me llevaba a casa de Ezequiel, donde se suponía que hacíamos la tarea.

Me pregunto si mi madre no está haciendo ahora lo mismo: empujarme a la guerra mientras, en secreto, firma la paz con el enemigo.

Me pregunto si no hace lo mismo con mi hermano.

—Tu mamá quiere que rechaces la propuesta de tu hermano, que pelees porque todo se divida entre los tres.

—¿Pero qué autoridad? —insisto.

—Lourdes —suelta con un resoplido de hartazgo—, la que él cree tener como hombre de la casa y que tu familia validó.

Reparo en esa frase y cómo la ha dicho: «la que él cree tener».

Si nos hubiera tocado un abogado hombre, ¿habría aceptado sin rechistar a mi hermano como cabeza de nuestra familia destartalada? ¿Habría cedido también yo?

–Escucha con atención, Lourdes, es importante que…

La Licenciada me informa de documentos y fechas que debo tener en cuenta a pesar de la distancia. Su discurso mecanizado es un recordatorio de que ella está encargada de las cifras y las firmas, no de los principios y los traumas.

Nos despedimos.

Durante toda la conversación me he olvidado del malestar en mi panza, pero ahora, de nuevo como estrella de mar en la cama, vuelvo a ser consciente de mi cuerpo. Necesito el botiquín. ¿Lo tiene Arnau o lo tengo yo? Miro el teléfono. Busco el chat con mi hermano, pero no escribo nada. No sé si evado el pleito por la cuestión familiar o por la puramente económica.

Dos niños en bicicleta III: mural

La Kim opina que estoy somatizando mis preocupaciones. No es la primera. Una intermitente punzada estomacal, sumada a ataques de hipo y náuseas, fue lo que me envió a la psicóloga. Dijo el gastroenterólogo: Hasta que no sanes lo de aquí, no resolverás lo de allí. Apuntaba a mi sien y luego a mi barriga hinchada.

–¿Cómo sabes que tengo preocupaciones? –le pregunto a la Kim. Imagino que su respuesta vendrá del misticismo de su sexto sentido asiático, pero ella me da la vuelta:

–Te oí en el teléfono. No entiendo español, pero el enojo es un lenguaje universal.

–¡Oh! Lo siento –me disculpo por mi descortesía–. *Family problems.*

La Kim exclama un largo pero ligero «Aaaaah!» que me hace pensar en la universalidad del drama familiar.

Es la segunda vez que coincido con ella en los baños comunes del hostal. Llevo rato gastándome el papel en mocos tras mi conversación con la Licenciada. Su actitud es otra vez la de una *manager* sonriente y comedida, no como el energúmeno que era a primera hora del día. Me la encontré lavándose los dientes, enfundada en un albornoz y con la toalla enrollada en la cabeza. Le pedí un consejo sobre la ciudad. Con una mueca de perro viejo me gruñó: Todavía no estoy trabajando.

Horas más tarde, vuelvo a buscar indicaciones, pero la cara de perro la tengo yo y lo que quiero es una farmacia. Para esto, la Kim no tiene una respuesta prefabricada. Dice que hay aspirinas en el botiquín del hotel, pero que para qué las quiero. Le explico mi inexplicable dolor y me ofrece, a cambio, un té de menta.

–Es bueno para la inflamación. Ven –dice, indicándome que la siga.

El crujido de las escaleras bajo nuestros pasos se mezcla con el goteo constante de un estanque de carpas. Desde la calle llega el incesante barullo de la muchedumbre, que pasa frente a nuestro umbral en busca de uno de los graffitis más famosos del mundo, reproducido hasta el empacho en *souvenirs*, blogs y guías turísticas: *Children on a bicycle*.

Esa misma mañana, ese mural se me había atragantado mientras lo fotografiaba. Me hizo revivir el peso de aquella fría tarde decembrina de hace más de diez años; los brazos de Pato rodeándome minutos antes de marcharme de casa para siempre. Me susurró: Que conste que me estás dejando solo en la línea de fuego, ¿eh? No parecía una acusación ni una advertencia, solo el comentario chusco del muchacho que no se atreve a expresar lo que en verdad siente.

Children on a bicycle es un mural tridimensional que retrata a dos niños, de unos ocho y seis años, montando una bicicleta. La niña, la mayor, conduce con determinación y valentía. El niño, abrazado a su espalda, abre la boca en un gesto entre emocionado y nervioso.

Para escapar de su alianza con mi padre, yo había empujado a mi hermano de la bicicleta y virado hacia una vida en Barcelona. No lo supe entonces: el niño que era Pato estaba asustado, pero no de la sangre en sus rodillas, sino del regaño que recibiría por los pantalones rotos. Lo abandoné con los monstruos. Y es que quizá la cobarde era yo y me había marchado antes de aprender a vencerlos. Tal vez Pato simplemente había aprendido a comportarse como uno.

En unos días nos reuniremos en torno a la abogada, que intentará poner orden en un territorio sin mapa ni soberano. Mi hermano llegará con el libreto aprendido: repetirá que él fue quien se quedó, quien aguantó a nuestro padre cada día de la semana. Yo le acusaré de haber elegido la vía fácil. Él replicará: ¿Crees que vivir con mi papá era fácil? Y yo sabré que tiene razón, pero no se la daré, porque dejarle salirse con la suya es perpetuar la sombra de mi padre más allá de la muerte. Insistir en la vieja coreografía de la tradición y en levantar las jerarquías sobre el escenario de la posesión. Lo que está en juego no es un montón de piezas a las que la abogada se referirá como «patrimonio», sino la legitimación de un viejo mito: el fratricidio como destino. Pero ¿quién es Abel y quién Caín si, al salir de esa reunión estaremos condenados a vagar por siempre en una casa donde la enemistad marchitará hasta las paredes?

Y, sin embargo, en este lugar, tan lejos de Guadalajara y de Barcelona, ahí estábamos Pato y yo. En ese mural. En la época del viento en la cara, de los cabellos despeinados, de la tiza y la tierra en las manos. Niños ambos, con los corazoncitos llenos de la inocencia con la que creímos que nunca nos íbamos a soltar.

Le tomé una foto al mural con la intención de enviársela. No lo hice. El pinchazo de la serpiente me hizo volver corriendo al hotel.

En la planta baja del Armenian House debería haber, según la tradición, una tienda. Es una clásica *shophouse*, con su tejado a dos aguas de influencia china. Sin embargo, hay una cafetería en reposo. Es como si le hubieran colgado un cartel de «cerrado por vacaciones». A pesar de eso, la barra, el mobiliario y la máquina de café están listas, como si fueran a reiniciar su actividad en un momento próximo. El burbujeo del agua anuncia el momento del té. Observo a la Kim servir las dos tazas. No logro calcular su edad, su cuerpo me la figura menor. Su temperamento y la precisión de sus gestos, mayor.

—Toda mi familia vive entre Johor y Shanghái —me cuenta—. No entienden por qué estoy aquí. Cada semana tengo un plcito que suena exactamente igual al tuyo.

—¿Algún consejo?

—¡Oh, no! ¡No podría! —se detiene un momento—. O bueno, sí: nunca des consejos a quien no conoces.

La Kim me guiña un ojo. Ríe. Tengo la impresión de que, para ella, mi tragedia shakespeariana no es más que una telenovela de argumento sensiblero producida en México, Corea o la misma Malasia. La posibilidad de que mi historia pertenezca a cualquiera con otro cuerpo, otro idioma y otra cultura suaviza el peso de mis frustraciones.

Perdidos en el muelle

Cada diez metros hay un letrero de «prohibido hacer fotos». Aun así, Arnau saca la cámara. Intenta capturar la intimidad de una tarde en familia delante del televisor, un fogón encendido, un farolillo rojo iluminando a un dios de jade. Le pido que pare. Él me responde que hará lo que le salga de los cojones. Nos separamos. Deambulo entre turistas en las callejuelas de ese barrio flotante. A unos pasos de mí, una mujercita enjuta y cabeza cana esconde su rostro ante la amenaza del disparo. Un japonés golpea accidentalmente a un niño con su enorme telefoto.

Los habitantes de los *jetties* están hartísimos de los turistas que tratan su hogar como si fuera un photocall. Los entiendo. Igual que ellos, yo odiaba a los que fotografiaban mis bragas secándose al sol en mi piso de al lado del *mercat* de Santa Caterina. Mi balcón y el de la señora Núria, la del ático, eran los más bonitos del edificio: llenos de plantas y ropas de colores. Me pregunto si seguirá viva. No era muy mayor, pero padecía las dolencias del tiempo. A pesar de ello, bajaba con sus perritos a la calle hasta tres veces al día desde una quinta planta sin ascensor.

A mis compañeros de piso y a mí nos echó la gentrificación mucho antes de que pudiéramos nombrarla. Ahora voy muy poco por esa zona, pero siempre que lo hago miro hacia arriba. Ese balcón no ha vuelto a tener flores. Nunca volví a ver a la señora Núria. Sin embargo, ella y yo aún somos vecinas en alguna foto de internet, y cotorreamos y nos lamentamos juntas de que en nuestro edificio, el hogar de toda su vida, hayan convertido la casa de la familia marroquí en un nido de borrachos.

La palabra *jetty* literalmente significa «embarcadero», pero aquí se refiere a algo más parecido a lo que en México llamamos «colonia». Los *clan jetties* de George Town son barrios flotantes, con sus casas, negocios y templos construidos sobre pasarelas de madera que se adentran en el mar. Son el hogar de las diferentes comunidades –o clanes– de migrantes que llegaron de China, como los Chew, Tan o Lim. Su origen se remonta a finales del siglo XIX.

Actualmente, más del 40 por ciento de la población de Penang es descendiente de chinos, a quienes se les llama *Penangite chinese*: chinos de Penang –¿chinos «penanguiteños» o «penanguitenses»? ¿Cuál sería el gentilicio en español?–. Hay una parte que proviene de quienes llegaron en misiones comerciales. Sin embargo, otros son hijos de las guerras, la convulsión política y las hambrunas que se extendieron hasta bien entrado el siglo XX: desde las Guerras del Opio hasta la Revolución Cultural, pasando por la invasión japonesa de la Segunda Guerra Mundial. Los recién llegados desembarcaban en los muelles, vestidos de miseria y con un nombre garabateado en un papel, «su más preciada posesión», según Tash Aw. Entonces se asentaban con ese tío, tía, prima o abuelo que no era familiar por la sangre, sino por la suerte de la diáspora. Su clan.

El escritor Tash Aw es descendiente de uno de aquellos migrantes. La Kim, también.

–*Orang Cina bukan Cina* –se definió cuando le pregunté de dónde era.

–¿Qué significa eso? –pregunté.

–Una persona china no china. Básicamente, alguien de Penang –contestó ella con un guiño travieso.

Su respuesta me hizo pensar en cómo, cuando nos preguntan de dónde somos o de dónde venimos, hay quienes contestamos, sin dudarlo: de Barcelona. No de España ni de Catalunya, tampoco del país de origen. De Barcelona. Como si la ciudad fuera una entidad por sí misma, un Estado propio con su propia identidad. Un territorio de locos hermanados por el abandono que deja el exilio –forzado o elegido– y por la necesidad de enraizarnos en una geografía sin fronteras.

«Extraños, perdidos en el muelle». Así describe Aw a aquellos migrantes al recordar a sus abuelos, que en los años veinte abandonaron su tierra natal para establecerse en la península malaya. Se los imagina desembarcando en un lugar similar a Penang. Los vislumbra como parte de esa masa movediza de personas que echaron anclas en puertos como Singapur, Melaka o Nueva York.

O como Veracruz, Tash, para los miles de españoles que huyeron de la represión franquista.

O como Barcelona en los albores del siglo XXI.

En Barcelona me recibió el frío cortante de un 28 de diciembre, Día de los Santos Inocentes. Menuda broma me tenía preparada el destino. Tenía en el bolsillo un papel arrugado y una llave prestada. Me perdí en el laberinto de piedra y sombras que es el Barrio Gótico. Cené un par de samosas que conseguí en una carnicería *halal* sin entender lo que estaba comiendo. Me helé, hundida entre edredones aquella primera noche, porque no supe encender la calefacción.

Había planeado recibir mi Año Nuevo entre desconocidos en La Rambla, pero, por azar, crucé la Vía Laietana al mismo tiempo que una chica con la que había coincidido en la primaria y que, sorprendentemente, reconoció mi rostro en la aglomeración. Ella fue mi primer clan, quien me introdujo a mi primera familia postiza y me enseñó los básicos de la supervivencia migrante: el mapa del metro, las tarjetas para las llamadas de larga distancia, dónde aprender catalán, dónde buscar trabajo y el refrán popular tercermundista para las noches de fiesta: El que convierte no se divierte.

Nunca busqué a otros mexicanos. Los encontré de pura casualidad. Como casualmente me encontré a muchos colombianos, peruanas, argentinos, uruguayas, turcos, pakistaníes, rumanas, marroquíes, suecas, nigerianos, bolivianas, franceses, ucranianas, senegaleses, italianos, chinas, bangladesíes, alemanes, venezolanas y españoles. A catalanes como Arnau, pero también a catalanes diferentes a Arnau, porque también eran andaluces y murcianos y extremeños y marroquíes y chinos y ecuatorianos y pakistaníes y franceses. Todos nombrando la *homesickness* en su particular lengua materna.

Extraños, perdidos en Barcelona.

–*Eh, Lula! Vine!* –reconozco el llamado de mi clan actual. Con un gesto aprendido en la familiaridad de la rutina, la mano de Arnau me encuentra entre la gente.

Según Aw, con el paso de los años los clanes se fracturan, se reconfiguran. Sus miembros salen al mundo, atraídos por modernas oportunidades laborales o de estudios, y se contaminan de ideas extranjeras. «En ocasiones es más fácil tener intimidad con un extraño», relata. Así, hay relaciones cuya historia es una historia de separación. Como la mía con mi familia. «Nuestra cercanía se mide por la distancia que hay entre nosotros».

La esquina rota de Penang

Comparo la escena con las procesiones de la Semana Santa española. Esta es más ruidosa, pero el vestuario es mucho menos espeluznante.

Un desfile de carros alegóricos avanza por el paseo marítimo, cargados de guirnaldas, dragones y luces de neón. De los altavoces suenan cantos antiguos y tecno discotequero. Al llegar al templo, los coches se detienen. Una figura sagrada desciende en su altar de oro, sostenido por los hombros masculinos más jóvenes y fuertes del cortejo. La balancean de adelante hacia atrás, simulando una reverencia. La comitiva se reparte entre la entrega de la ofrenda y el estruendo de las campanas y los tambores. El incienso envuelve todo en una nube dulce.

Mi fascinación muta en incomodidad al notar que soy la única mujer allí. Repaso los cuerpos, buscando un reflejo. Junto al altar principal hay solo una señora gestionando las ofrendas. Estoy a punto de retirarme cuando mis ojos tropiezan con otra mirada femenina, extranjera. De inmediato me doy cuenta de que estamos viviendo experiencias distintas. Para ella, esto es la reposición de una película. Para mí, un estreno. Entonces, como descorriendo un telón, se abre paso entre la multitud y se coloca a mi lado. Se toma un momento antes de hablar, dejándome claro que el tiempo y la palabra son suyos y al resto nos corresponden solo sus sobras.

—Eres latina, ¿verdad? —me pregunta. En español. Reconozco su acento al instante. Habla conmigo, pero su cuerpo sigue mirando la procesión. Asiento.

—¿Qué hace una chilena en Asia?

—¿Tú qué hacís en Asia?

Le cuento que iniciamos el viaje en Kuala Lumpur y que en unos días subiremos a Tailandia. No parece impresionada, así que dejo caer que hemos estado en Singapur con un muy buen amigo mío que vive allí y que es un actor famoso. Nada. Es como si le hablara del calor.

—¿Trabajas aquí? —pregunto, dando por hecho que no es una turista.

—¿Andái sola?

—¡No, no!

—¿Y qué tiene de malo viajar sola? —Finalmente, se gira hacia mí. No es mucho más alta que yo, pero es como si lo fuera.

—¡Nada! No quise... es que yo... ¿Ves al chico de la cámara?

El que tiene pelo. –Apunto a Arnau, que charla animadamente con un calvo tamaño refrigerador que sostiene una cámara el doble de grande que la suya–. Tú sí viajas sola, ¿no?

–Sí, aunque por ahora no.

–¿Qué quieres decir?

Silencio.

Su ambigüedad me desconcierta, pero no insisto.

–¿Sabes de qué va esto?

Me explica que es un homenaje a un dios llamado Yoo o Yok, algo así. El ruido me impide entender. Las cofradías de otros templos de la ciudad le traen ofrendas en su día especial.

–¿Y cómo supiste que soy latina?

–Porque tu cara es de local, ¡pero el desconcierto es de turista, po!

–Bueno, tampoco estoy tan verde –replico, enderezándome un poco, lista para demostrar mi valía–. No es mi primera vez en el Sureste Asiático. Antes estuve en…

–¿Por qué Tailandia? Todo el mundo va pa' Tailandia.

Podría explicarle que estoy buscando un lugar que se parece a casa. Citar incluso, pretenciosamente, a Onfray: «Existe siempre una geografía que corresponde a un temperamento»; pero como no sé si tiene sentido, mejor me callo. Solo encojo los hombros.

–Y tú, ¿a dónde vas después?

–También.

–¿Como todo el mundo?

–No. Yo voy pa' cruzar a Myanmar.

–¿A Myanmar? ¿Sola?

—Mira —señala con la mirada a Arnau y el calvo que se acercan, medio abrazados, con una actitud como de reencuentro—, parece que tú y tu pololo se vienen a comer con nosotros.

—Lula, Liam —me lo presenta Arnau, entusiasmado—. Es de Londres. ¡Lleva dieciocho meses viajando!

—*Nice to meet you* —Liam estrecha mi mano con su poderosa garra—. *So, you've met Pía, then?*

Pía. Chilena. ¿Tú cuántos meses llevas viajando?

No muy lejos, en un mercado nocturno, a Liam y Pía los espera un grupo de amigos, casi todos australianos. Nos reciben con la despreocupada calidez del mochilero promedio. La cena degenera en la típica batalla de viajeros por la anécdota más extravagante Con una rapidez pasmosa, enumeran accidentes, sabores y encuentros cara a cara con monos, elefantes y mafiosos. Enlistan ciudades como si fueran trofeos de caza. Así pretendía yo impresionar a Pía minutos antes, qué idiota. La miro ignorar la conversación, concentrada en sus *noodles*.

Entre las cervezas y la fanfarronería de Liam-dieciocho-meses-viajando, el estómago se me revuelve. Recuerdo que hace apenas unas horas necesitaba con urgencia una farmacia. Le pregunto a Arnau si acaso cogió el botiquín de mi mochila.

—¿Qué necesitas?

—Un ibuprofeno o un antiácido.

—¿Quieres un antidepresivo también?

Arnau sostiene el botiquín. Sus dedos tamborilean los blísteres sin estrenar de Citalopram. No me atrevo a sostenerle la mirada.

—No te entiendo, Lula —dice—. Sabes que es peligroso que las dejes de golpe, ¿no? ¿Cuándo las dejaste? ¿Por qué?

—No fue así como así.

—Entonces, ¿cómo?

—Yo… nunca me las tomé.

La verdad sale de mis labios como una aguja.

—¿Qué dices?

—¡Pero la psicóloga me dio permiso! Te lo prometo. Dijo que con terapia podía salir de ello aunque me tomara más tiempo.

—¿Más tiempo? ¿Y por qué cojones ibas a querer que tomara más tiempo?

¿Cómo explicarle que parte de mí deseaba sanar y parte de mí quería seguir rota porque ahí, en el desgarro, sentía a mi padre cerca? Que mi dolor era la armadura que me protegía de mis derrotas profesionales, emocionales, de él. Que quizá los psiquiatras de la Seguridad Social tenían razón y mi depresión no era más que una excusa para aplazar el duelo por mis fracasos.

El enfado de Arnau llama la atención de algunos australianos, aunque rápidamente vuelven a su fiesta. Pía, en cambio, nos observa de reojo. Arnau parece notarlo porque, de repente, cambia al catalán, una burbuja que nos separa del resto.

—Per a continuar vivint a expenses meves?

No, no es una burbuja.

El catalán es la lengua en la que Arnau insulta, ama, llora. Es su refugio, a donde ha ido ahora que se ha cansado de arrastrarme. En catalán busco acercármele, pero mi desespero atropella la lengua.

—*No! No estic vivint* a tus expensas, Arnau. *Mai faria* algo así. *Estic cobrant* el paro... *I a més*, la herencia...

—*No estic parlant de diners, Lula!*

—*Let's go!* —El llamado de Liam frena nuestra discusión y pone al grupo en marcha.

Antes de fusionarse con la comitiva mochilera, Arnau me dice:

—*No pensaves dir-m'ho, oi?*

De noche, George Town se parece mucho a Barcelona en verano. Sudor, ruido y alcohol. No estoy de humor. El grupo avanza, visitando un bar y otro. Yo los sigo en piloto automático. En realidad, estoy viendo desfilar ante mí todos mis fallos. En particular, el de no haber defendido con más ahínco mi soberano derecho a decidir sobre mi depresión.

—¿Estái bien? —me pregunta Pía.

—Ah, sí. No es nada. Nomás un dolorcito que

—Estos europeos —interrumpe—, todo lo quieren resolver con fármacos.

—Bueno, no todos —intento defender a Arnau.

—El tuyo sí. Y el mío también.

—¿Y cómo lo resolviste tú?

—Con un «¡Ándate a la chucha!» —contesta Pía con una carcajada que parecía tener reprimida desde hace tiempo. Se me desmorona la imagen de monumento que tenía de ella. Ante mi cara de interrogación, traduce—: ¡El divorcio, po!

Toda estatua tiene sus grietas.

Me dejo contagiar por ese desparpajo repentino, me río con ella y es como si el temple que la mantenía estoica ahora galopara sin riendas. Me cuenta del idilio que la llevó de Santiago a Londres, de Londres a Sydney y, tras varias escalas, camas y tormentas, a la barra de este bar. Yo le narro mis fisuras como si de ellas brotaran luciérnagas y no solo alacranes. Pía pide soju. No, sake. Espera, ¡tienen tequila! Propone que brindemos por la incertidumbre del viaje y del amor. ¡Salud! Levantamos los vasos como izando la bandera de una patria compartida. Somos dos «reinitas latinas», como nos llamaría la escritora ecuatoriana Mafe Moscoso: mujeres latinoamericanas despechadas, cantando himnos románticos que ningún europeo conoce, con el dorso de la mano en la frente y el cabello húmedo de lágrimas y sudor tropical. «Nuestros duelos de amor [los de las reinitas latinas] son colectivos, son de borrachera, de noches de llanto», escribe Moscoso. Esta es una de esas noches. Un paréntesis asilvestrado que deja fuera todo lo pendiente: la herencia, mi hermano, Arnau. Lo único que me importa es desmoronarme aquí, en esta esquina rota de Penang, y esperar a mañana. A Ezequiel.

Aguacate

El espectáculo se abre con un tema que, después me explica Siti, es una canción tradicional malaya. Entran a escena cinco actores. Sus movimientos son lentos al punto de la invisibilidad: la aplastante calma del Butoh. El vestuario mezcla tradición, fantasía y futurismo. Steampunk, Mad Max, Asia. Siti lleva hiyab. La música se detiene. Los *performers* recitan un manifiesto que no entiendo, está en malayo, pero reconozco *pokok*, *udara* y *tanah*. Árbol, aire y tierra. Y *awas*. De sus bolsillos sacan un mangostán, un durian, un plátano, un mango y Ezequiel, un aguacate. Primero, lo muerden con delicadeza, saboreando cada bocado. Luego, su ingesta se vuelve rabiosa, casi grotesca. La música remonta, pero ahora es una versión industrial del tema original. El parpadeo de las luces intenta distorsionar los cuerpos, un efecto que en un teatro ganaría contundencia. Aun así, la escena logra inquietarnos. La danza se transforma. Ahora es claramente un arte marcial que se acompaña de gritos castrenses. El aire tiembla con la sensación de una masacre.

Quiel no me describió nada de su obra. Dijo que quería sorprenderme. Entre danza y danza, los actores realizan pequeños monólogos —en inglés— que hablan de su relación con esas frutas. El de Quiel comienza así: «Verde corazón de tierra / palpita en el jardín de mis ancestros / amor escondido en la rugosidad del tiempo». ¡Es mi poema del aguacate!

Domingo. El jardín de casa. El tremendo aguacatero da sombra a una larga mesa donde padres, madres, primos, tías, parejas efímeras, mi abuela y yo, compartimos el alimento. En esa ceremonia, somos todos un eslabón importante. Las brasas crepitan bajo la supervisión de mi padre y mis tíos. En la cocina, mi madre y mis tías intercambian secretos. El comal se llena de tortillas. Los molcajetes, de salsas rojas y verdes. Los más pequeños arman torres de cubos bajo la supervisión de las primas que, una vez adultas, se convertirán en madres. Y los primos mayores, como Pato y yo, cumplimos la misión del aguacate. Trepamos al árbol, ayudándonos de sus firmes ramas. Intentamos llegar a lo más alto para cortar los ya maduros. Con el paso de los años, el árbol crece tanto que podemos retirarlos desde la ventana de mi habitación en la segunda planta. Con todos esos frutos hacemos el guacamole, sí, pero, sobre todo, evitamos que caigan sobre nuestras cabezas. Nadie quiere morir de un aguacatazo. En México, los aguacates son tamaño familiar.

En la voz melancólica de Ezequiel, el poema se vuelve ajeno y, a la vez, más mío. La distancia me revela, con una claridad punzante, que esa niña, esa joven y esta mujer somos la misma persona. Y que esa familia que late en el verde corazón de la tierra es la mía.

A mi poema, Quiel añade una explicación sobre el origen de la palabra: en náhuatl, *ahuacatl* significa «testículo». Con ello, Ezequiel propone una lectura sobre el trato tóxico y patriarcal que damos a la tierra. «Nuestra condena es no amar las manos que nos alimentan», sentencia, con solemnidad, en español. La frase encuentra eco en la boca de los otros actores, repitiéndose en una polifonía de idiomas. El último acto es otra danza, aún más visceral si cabe. Los *performers* agitan los cascabeles atados a sus tobillos, invocando la energía de los rituales prehispánicos.

El público responde con una ovación. La compañía agradece, con el pecho henchido y el aliento aún entrecortado. Arnau sostiene mi mano entre la suya. No la ha soltado desde mi primera lágrima. No la había tocado así desde que aterrizamos en Malasia, escudados en el *berkelakuan sumbang*. Mi lágrima abre una tregua que Arnau recoge con generosidad. Con responsabilidad.

Saco el teléfono y le mando un mensaje a mi tía Lupe.

Hola tía, ¿cómo están? Yo bien, en un sitio muy bonito que se llama Penang, en Malasia. Acabo de ver una obra de teatro y me acordé mucho de ustedes y de mi abuelita. ¿Cómo está ella? Dale, por favor, un abrazo muy fuerte de mi parte. Dile que en cuanto pueda la llamo. Les mando muchos besos. ♡

Al cabo de un rato, recibo el doble *check* azul como respuesta. Nada más.

El atardecer se asienta y el recinto se ilumina con lianas de luz cálida. Arnau y yo nos acomodamos en unas bancas que, al principio, confundimos con instalaciones artísticas. El lugar está plagado de ellas. Estamos en una antigua estación de autobuses reaprovechada como centro cultural. Me recuerda a algunas fábricas de Barcelona que, tras la fuga del capital en busca de mano de obra aún más barata, se quedaron abandonadas hasta que fueron reclamadas por artistas, artesanos y veganos. Nos acompañan Pía y Liam. Arnau los invitó porque necesitaba no estar a solas conmigo. Ellos aceptaron porque, dijeron, querían ver *the real Penang*. Bebemos zumos y cervezas 100 por ciento ecorresponsables.

Un aplauso repentino nos avisa que Quiel y el resto de la compañía han salido al jardín. Nos acercamos. Tengo que hacer cola para poder, finalmente, abrazarlo.

—Te hice llorar —me susurra al oído.

Asiento. Sonrío. La emoción vuelve a hacerse bola en mi garganta.

A Ezequiel me lo arrebatan otras voces que le hablan de escenarios más importantes, donde las ovaciones serán más largas. Él asiente, se seca el sudor de la frente, guarda nombres en su teléfono. Escucho, orgullosa, los augurios que se derraman sobre él. Un hombre mayor le brinda un cálido *terima kasih* y le cuenta con la voz entrecortada que en el pueblo de sus abuelos había un árbol de longan al que solía trepar con sus hermanos. Se los comían ahí arriba, dejando caer al suelo los huesos y las cáscaras vacías, para enfado de los mayores.

—*Sama sama* —Ezequiel se despide del hombre.

—¿No les dices a los fans que el poema no es tuyo? —le pregunta Arnau. Su tono afilado me pone en alerta.

—¿Cómo?

—Que Lula es la autora del poema del aguacate, no tú.

Quiel me mira como si la recriminación fuera también de mi autoría.

—¡Ah, claro! Y vamos a poner su nombre en el programa de mano —afirma con la ligereza de una obviedad—. Vamos por unas chelas y brindamos por Lula, la poeta, ¿te late?

En la sonrisa forzada de Arnau se asoma la desconfianza. En la de Quiel, el brillo de quien no se inmuta por nimiedades. ¿Qué busca Arnau? ¿Que Ezequiel me reconozca como autora o como novia suya? En los límites del egocentrismo, me pregunto si Arnau tiene razón en reclamar mi crédito.

—¿Nos vamos?

Liam dirige la expedición. Habla de un cumpleaños en un bar de Lebuh Chulia, uno de los núcleos de la vida nocturna en George Town. Pía me alcanza en la retaguardia del grupo.

—Yo escribí el texto del aguacate —le informo.

—¿En serio? No cachaba que eras escritora. —Me mira, no sé si sorprendida o incrédula.

—No lo soy —contesto.

—Pues podrías. Es muy lindo.

—Ezequiel pondrá mi nombre en los créditos de la obra, claro.

—Claro. ¿Y con el catalán todo piola? —me pregunta, con esa habilidad suya para saltar de un tema a otro como si nada tuviera importancia.

—Sí, ya. Todo bien.

—Bien.

—Gracias por preocuparte.

Siguiendo al resto del grupo, Pía y yo nos dejamos engullir por un luau artificial.

Lo que sigue es una suerte de viaje en espiral: de un bar a otro, de las cervezas a los cócteles, del reggae al tecno, al rock y al reggaetón. Suena Bad Bunny y Siti, absorbida por su latina interior, se lanza a la pista de baile. Se gira, desconcertada, al ver que Pía y yo seguimos pegadas a la barra. Pregunta si sabemos perrear. Yo contesto un rotundo no. Pía niega con la cabeza y dice: *I'm too old for that.* Siti parece decepcionada, pero no es de las que se rinden. Nos quita las bebidas y nos arrastra al centro de la pista. *You're the worst latinas ever! I'll teach you*, dice. Y de una malaya-singapurense recibo mi primera lección de bailes básicos latinos. Ezequiel nos mira, entretenido, y me hace gestos como diciendo «quién te viera».

Nuestra euforia toma la calle: parada en un puesto callejero a comer rotis. Otra en el Seven Eleven por pastelitos de arroz. Siti traduce a los australianos las etiquetas de los productos. Uno se compra un café. Las conversaciones se truncan y el grupo se divide porque alguien ha encontrado un *smoking spot*. Hay que aprovecharlo. En esta ciudad solo es posible fumar dentro de esos círculos pintados en la acera.

Pía me convida un cigarro porque no me atrevo a liarme un tabaco en plena calle. «Podría parecer droga», recuerdo las palabras de Peter, el taxista. Le prometo que se lo pagaré con cervezas. Quiel me pide una calada. Los angloparlantes terminan yéndose porque nosotros tres hacemos del español nuestro *spot* particular. Hablamos de Chile, de México. Hablamos de lo perdido y aprendido en cada cruce de frontera, de la soledad empacada en la mochila.

—Entonces —nos dice Pía—, ¿ustedes se conocen desde México?

—¡Uh, sí! ¡Desde niños! —cuenta Quiel, animado—. ¡Es una historia bien larga!

—¿Una historia de amor adolescente?

Suelto una tos nerviosa entre bocanadas de humo. Quiel levanta las cejas. Pía se divierte. Le hace gracia ver cómo se desmorona un secreto que ni Quiel ni yo sabemos que existe.

—No —respondo—. Siempre hemos sido amigos.

—¡No te creo!

—Es verdad. Yo le he conocido a casi todas sus novias.

—Sí —agrega él con la voz serena—, porque yo antes no le gustaba.

—¿Y ahora? —pregunta Pía.

—Ahora puede que un poquito.

Quiel suelta esa bomba y Pía, acabado su papel en la escena, desaparece con la astucia del mago. Algo en mí quiere ir tras ella, evitar quedarme en ese enclave del suelo a solas, inquieta, con ganas, con Ezequiel, pero hay marcas que arrastran al cuerpo más allá de la conciencia. A nuestro alrededor, la ciudad es un corazón enardecido. Quiel devuelve el cigarro a mis labios. Sus dedos me rozan con la precisión de un ritual antiguo. Nadie da el primer paso porque ya hemos caminado hasta la mitad del camino. El humo se desvanece entre su boca y la mía. Con un beso bien profundo profanamos las leyes malayas del civismo y el decoro.

Paramos.

La mirada inquisidora de un señor chino congela el momento. Las manos de Ezequiel están sobre mis pechos.

No. No quiero frenar el momento.

Así que tomo a Quiel de la mano y huyo con él calle abajo. Nos precipitamos al primer bar que encontramos y dejamos que la multitud nos sirva de escudo. Reímos, flotamos. El calor y el sudor nos envuelven como un animal vivo. Dentro de un baño estrecho, decorado con pósteres de películas asiáticas que no reconocemos, apenas cabiendo, apenas conteniéndonos, apenas pensando, su boca encuentra mi cuello, mi lengua su garganta. Sus manos me recorren por dentro como sabiendo el camino de memoria. Mi espalda choca contra la pared, algo cae al suelo. No trae condones, dice. No planeaba necesitarlos, confiesa. Le creo. Pienso en el paquete casi nuevo que hay en el botiquín que comparto con Arnau, pero a ese pensamiento le salen ramificaciones que disipo como si fueran el simple humo de un cigarro. Esta noche quiero ser más que una promesa rota, solo carne, por un instante, el cuerpo que sabía desear, acariciar y ser agua.

Pero paramos.

Nos reímos como los dos adolescentes que fuimos, un puente para calmar lo que arde. Ezequiel me acomoda el cabello. Yo le abrocho los botones de la camisa. Definimos la coartada: sal tú primero, busca a los nuestros, diles que me ha llamado mi familia.

Vuelvo a la calle con el pulso aún desordenado. Me encuentro a Pía de nuevo en el círculo del humo.

—Toma. Fúmate uno antes de entrar.

Me extiende un cigarrillo y no indago sus razones. Ella tampoco en las mías, aunque está claro —ya voy conociéndola— que sabe más de lo que dice. Me suelta las novedades: Liam va ya bastante borracho y se está poniendo insoportable. Tu pololo también, dice, lo trae loco eso de la independencia. Ahora está tratando de evangelizar a los australianos.

Entramos juntas al bar. Veo a Quiel bailando con Siti, a los australianos mezclándose con los actores singapurenses y a Arnau y Liam sumidos en un momento *bromance* en la barra. A Arnau no parece importarle que Liam sea de un país colonizador.

—*Tot bé?* —me pregunta cuando me ve. Su aliento me noquea la nariz—. Dice Ezequiel que te ha llamado tu madre.

—Sí, nada, lo mismo de siempre. Luego te cuento —contesto fingiendo hastío.

—Vale, la última y nos vamos al hotel del australiano, *vols?*

Decido que sí cuando escucho que Quiel también se apunta.

No. No es una decisión, es el empuje de la corriente.

Horas más tarde, Penang intenta amanecer. Yo agradezco sus esfuerzos desde una *suite* con jacuzzi en un hotel cuyo nombre y fachada no sabría reconocer ahora. Arnau está roncando en una tumbona. Esta noche es una más en el arsenal de anécdotas viajeras con las que se alzará rey de las conversaciones en Barcelona. Para mí, un tatuaje que llevaré bajo la piel.

Quiel se despierta y cruza el campo minado que es la habitación para acompañarme en la terraza. Para hacerme reír, exagera los tumbos con los que la noche aún pasea por su cuerpo. Se deja caer a mi lado, me abraza y me susurra:

—Gracias.

—¿Por qué?

—Por el aguacate.

Mi corazón toma su respuesta como una disculpa. Da un brinquito. Y, por primera vez en mucho tiempo, el día se despierta sin que yo lo lamente.

George Town (Penang) → Langkawi

Sueño III: ahí es. ¿Dónde? ¿Vives?

En mis sueños, vivo en la recepción de un hotel acristalado. Recibo a los huéspedes con una sonrisa que no se refleja en el agua. Entrego las llaves, aunque sé que las puertas están tapiadas. Les advierto: *awas*, la piscina se extiende más allá de la frontera. Mi familia desciende de un taxi. Conduce una mujer con guantes. Ahí es, les dice, señalando una nube ceniza. ¿Dónde? No veo a mi papá. Arnau, de pronto a mi lado, maldice el alud de maletas. ¿Pero cómo es posible si en la cajuela solo había arena? De repente, un disparo. Un meteorito que el perro negro persigue como a una pelota. Ezequiel sopesa la posibilidad del abismo. Al final, se zambulle, pero la alberca es infinita. Se cansa de nadar. ¿Vives?, le susurro. Mi voz es un eco. Busco al perro, una medusa transparente chorrea entre sus dientes.

Langkawi

Islote

Hace un instante, o quizá fue una eternidad, alguien gritó: *jellyfish*! ¡Plsh-plsh-plsh-plsh-plsh-plsh! Arranqué mi cuerpo del agua, reprendiéndome por ser una niña pusilánime.

Ahora, nuestra turística ligereza devuelve su flujo natural al tiempo. Las conchitas crujen bajo nuestros pies. Crack crack crack. Quiel camina conmigo. Aferrada a su mano, el horizonte parece un puerto y no un espejismo. La pedacera cede ante un terreno fangoso. Una textura babosa me envuelve los pies. Nos adentramos en el agua como en un vals. Plash plash plash. Hace rato se desvanecieron las voces de Siti y Pía. Hace rato las brazadas de Liam y Arnau rumbo al islote. Aun bien lejos de la orilla, el mar apenas nos llega a las rodillas. Busco monstruos en el suelo.

–Ándale, cuéntame un secreto para que se te olviden las medusas.

Tardo en soltar palabra. Todos mis secretos son restos de comida masticada. Además, después de lo que ha pasado estos días entre nosotros, no sé si debo enseñarle ya quién soy o seguir sazonando un caldo viejo.

—¿Qué pasa?

—No es nada.

—Oye, soy yo —dice como si pudiera ver el fondo del plato—. Sabes que puedes contar conmigo.

—Vas a pensar que es una pendejada —confieso finalmente—, pero sus camisas. ¿Cómo puede estar muerto si su olor sigue vivo en sus camisas?

—¿Las de tu papá?

—Sí.

—¿Las hueles? —pregunta él y yo le digo que sí, así: mmmmffffffffffffhhhh, succionando cada línea de los cuadros, embriagándome del hedor a sudor y piel vieja como si recién se la hubiera quitado, como si yo las hubiera inspirado en un abrazo y no en la memoria.

Los labios de Ezequiel se tuercen, su nariz se arruga como si el aire le supiera amargo.

—Y entonces, agarro el móvil y le escribo, pero cuando le escribo...

—¿Cómo que le escribes?

—Sí, al teléfono, al mail. Y no contesta. ¿Por qué? Es mi papá, ¿no? Entonces, ¿por qué no contesta?

—Bueno, porque está...

Me escucho llamarle, por primera vez en muchos años, en voz alta, «papá»; no «padre», como dicen en España. Pronuncio ese sonido primario, «pa-pá, pa-pá», y es como si lo resucitara íntegro, no como la mancha borrosa e inocua que es cuando lo llamo padre. Cuando es «papá», se me aparece con un mazo demoledor en una mano, y en la otra, el salvavidas desinflado que agitó cuando me dijo: Órale, ¡al agua! Ya estás lista para nadar tú solita.

—...muerto.

Muerte por ironía. Muro inquebrantable que, ¡crack!, terminó desmoronándose por una grieta en la cabeza. Él, el maestro constructor, el genio de la verticalidad, el de los mil y un cascos de seguridad. En mi memoria, mi padre siempre viste camisa de cuadros y un casco. En mis sueños también. Están todos colgados en la cochera. ¿Te acuerdas, Ezequiel? En el clóset de las herramientas, donde no nos dejaba esculcar porque ahí él guardaba sus secretos. Están esperando a que vuelva. Cascos de todos los colores, abollados, nuevos, polvorientos. ¿Qué vamos a hacer con ellos? No tiene sentido. Es como si las leyes de la física lo hubieran engañado.

Y entonces, yo maldigo a la ciencia,

a los médicos que no supieron salvarlo,

a Dios y a todos sus hospitales.

Maldigo la última llamada que me hizo y no contesté porque los ojos aún me ardían por un comentario de mi jefa holandesa: *You don't come across as latina. All these years in Europe have polished you a bit, right?* En su mente era un piropo. No tenía ganas de disfrazar la tormenta. Mi padre odiaba sentirme, verme, oírme llorar. Llorar es de niñas, decía, con el desprecio que los hombres de su generación ponen en la palabra niña. Yo lo era. Lo soy todavía. Tantos años de victoriosa independencia y vuelvo a ser la niña desvalida que le suplica a su papá que la rescate. *Help! help! help!* Y manotazos en el agua.

—Pues es que los papás son... —Ezequiel intenta disfrazar su turbación adoptando un personaje: el del mentor compasivo con el poder de la palabra precisa.

Pero él no sabe de lo que habla y yo no tengo oídos.

Soy puro recuerdo escurrido entre los dientes.

Puerto Vallarta. Nueve o diez años. Me traga la corriente. Pido ayuda en inglés porque ahí solo hay gringos. Y los gringos, inmutables. ¡Qué graciosa la mexicanita, jugando al tiburón! Hasta allá adentro nadó mi papá. Me jaló del brazo y me arrastró a la orilla como un saquito de papas. Nadie vino a socorrernos. Nadie quiso acercarse. Para todos esos güeros fuimos tan solo dos manchas ruidosas y marrones en la postal de sus vacaciones. Mi padre fue mi héroe. Mi padre fue mi castigo. Niña pendeja, me regañó, ¿qué no te enseñé a nadar? ¡No llores, que pareces una niña!

—A pesar del tiempo, lo que... —Ezequiel intenta ponerle parches a una presa desbordada.

La primera vez que vino a Barcelona paseé a mi papá por la playa. Le enseñé, orgullosa, el espigón hasta el que solía nadar. Dijo: ¿Y no te has ahogado todavía? Seguido de una risa barbajana que recuerdo tan nítidamente como el olor de sus camisas.

La primera vez que vino a Barcelona recorrí con él la ciudad en bicicleta. Le enseñé mis lugares favoritos: el MNAC, la placita detrás del *mercat*, el callejón de las mariposas. Cuando se despidió de mí, en el aeropuerto, me dio un abrazo y unos golpecitos en la espalda. Susurró: Ya entiendo por qué elegiste vivir en esta ciudad.

¿Quién era ese hombre con el que puse un océano de por medio? ¿Cómo es que me falta ahora tanto?

No lo entiendo.

Es como si la ausencia hablara en otro idioma.

No lo entiendo.

Es como si los mapas se derritieran.

No lo entiendo.

Es como si me hubieran cortado la cuerda a la mitad del salto.

Y odio a mi psicóloga por no haber respondido a todo eso salvo con recetas para los fármacos que nunca tomé. Con una cita un día sí y otro también para supervisarme en silencio. No entiendo cómo su muerte no ha sido una liberación, sino un terremoto en los cimientos de Barcelona. Mi Barcelona. Mi refugio. Mi hogar. En Barcelona no tiembla como en México. Entonces, ¿por qué mi piso se ha partido en dos? ¿Por qué el vacío dejó de ser un espejismo y se volvió una meta? Mi papá me enseñó a sobrevivir a salto de ola en el Pacífico, así que no, yo no iba a morir ahogada nunca. Por eso confié en mi balcón de la calle Rocafort para romperme el cráneo como él, para probarle que no me podía salvar de aquello que a él mismo lo mató. Y entonces, ¿qué deuda, papá? ¿Qué te debo si ya no puedes salvarme ni de mí misma?

Una corriente de agua tibia se estampa contra nuestras rodillas. Ezequiel me observa como quien abre el libro ansiado y descubre sus páginas desgarradas con cruces invertidas garabateadas con sangre.

—¿Intentaste…?

Sí. No. No sé.

Recuerdo el barandal bajo mis manos, medio cuerpo en suspensión y… desde allí, en la banqueta, justo delante de nuestro edificio, una caca de perro verdosa, casi líquida. Tal vez por eso no la habían recogido. ¿Cómo limpias de unas baldosas, para que no deje mancha y peste y asco, un chorro de diarrea animal? Y recuerdo pensar que si podía distinguir cada detalle de esa mierda, era porque seguramente nuestro balcón no era tan alto y, por ende, mi caída no sería mortal. Luego me distrajo la visión de Arnau, dando vuelta en la esquina, inmerso en una canción cuyo ritmo seguía como aporreando una batería de aire. Me entró el pánico. Trepé de vuelta el barandal hacia el lado seguro del balcón. Escuché su llave en la cerradura mientras yo me encerraba en el baño. Eché el agua a correr. Cuando salí, él estaba preparando la cena.

–Güey, no mames, ¿en serio trataste de…? –Su tono oscila entre el susto y la desaprobación, como si mi escena trágica destruyera la obra de teatro sobre nosotros que había escrito en su cabeza.

Sí.

–¿Y volviste a intentarlo?

No.

Pero en la planta 86 de las Torres Petronas…

–¿Por qué viniste?

Quería verte.

–Dime la verdad, Lula –Ezequiel me sujeta los hombros. Noto la tensión de su mandíbula–. ¿Viniste aquí a… morirte?

Contesto la verdad. Y también que, si me lo hubiera preguntado hace un mes, mi respuesta habría sido muy distinta.

Ezequiel ya no avanza hacia el horizonte. Está a mi lado, pero entre nosotros el espacio es profundo, suficiente para que una medusa, muy pequeñita, color café, pase nadando solitaria hacia la orilla. Blop, blop, blop. La seguimos con la mirada. Ezequiel atina a decir:

—Mira. No saliste corriendo.

Ni tú tampoco, pienso yo. Pero ya no dice nada.

En un esfuerzo por reencauzar la tarde, le invito a que me hable de su vida, su trabajo, Singapur. Quiero su sonrisa, la luz con la que me transforma en una Lula más cercana a la que yo anhelaba ser, la que él deseaba apenas hace un rato. Obtengo solo monosílabos.

He noqueado a Ezequiel.

En silencio, contemplamos la nueva piel del cielo. Hace rato que Liam y Arnau han pasado al lado nuestro en dirección a la playa. Hace rato que el agua nos envuelve las caderas.

Entonces, me acerco. Rompo la barrera invisible entre nosotros. Intento coger su mano, pero la mantiene escondida bajo el nudo de sus brazos. Solo atino a rozar su codo. Le digo, bajito: Gracias por escucharme, por estar conmigo. Y luego, dirijo a sus labios un beso que él esquiva como un cerillo encendido.

Quiero pensar que me evita porque, a diferencia de la mía, su mente está despejada. Aunque Arnau y Liam se encuentran inmersos en su charla, no están lo suficientemente lejos como para no distinguir las flores de la mierda.

Lo suelto con un temblor en los dedos. Hace calor. A nuestro lado pasa un chico cuyas facciones desafían nuestro conocimiento de la geografía. Canta algo en una lengua que desconocemos. Se gira hacia nosotros y nos dice *hello* con la boca llena de dientes. Después, continúa su feliz marcha hacia el islote que ya no alcanzaré.

–Eres muy injusta, Lula.

Sus palabras son la piedra que se amarran los suicidas para no flotar.

Sin decir más, Ezequiel se zambulle en el agua y emprende el nado hacia el islote.

Yo, de pie en medio del agua, soy una niña que ha olvidado cómo moverse. Así que mantengo la verticalidad y ando poco a poco hasta que el agua me alcanza la barbilla. A lo lejos, veo a Ezequiel alcanzando el horizonte. Y una medusa pequeñita flotando tras él, blop, blop, blop, a punto de picarle en la planta del pie.

Larga Distancia III: 33,33 por ciento

–Si no te vas a conectar a la reunión, al menos puedes tener la decencia de avisar. No que nos tienes aquí como tus pendejos.

Así empieza la reunión para el desmembramiento del cadáver de mi padre.

Se había pospuesto porque olvidé –o quise olvidar– la fecha anterior. ¡Ups! Dejé que se me atravesara Penang. Pido disculpas diez, veinte, quinientas veces. Todas las que quieras, Pato, pero a él no le valen. La verdad es que enterré el arrepentimiento en la playa.

Estoy sentada en la cama. El ventilador remueve el aire de la habitación como si fuera sopa. La cámara capta la cabecera de bambú y las patas de un elefante de acuarela. Mis clavículas desnudas brillan de sudor. Para mi hermano, son la constatación de mi frivolidad.

—Ya sabemos que estás lejos, que el internet y que el cambio de horario, pero podrías esforzarte un poquito, ¿no?

Mi madre pone una mano sobre su brazo como para contenerlo. Es un gesto mecánico de autoridad maternal envuelto en una delicadeza calculada. Están los tres sentados en la larga mesa de la sala de juntas de la notaría: mi hermano en la cabecera, mi mamá y la Lic. Esther cada una a su lado. Yo no puedo tocar a Pato, así que con la potestad que se supone a las hermanas mayores, digo:

—Basta, Pato. ¿Podemos avanzar, Licenciada?

La Lic. empieza a recitar valores con el aburrimiento de quien cuenta las rayas de un cuaderno. Habla como si cada una de esas líneas no llevara un nombre estampado encima: José Valentín Navarro García, mi padre.

—Si aceptas la propuesta de tu hermano, Lourdes, tu mamá se encargará de firmar a tu nombre y procederemos a la escrituración.

—Leíste bien el documento, ¿verdad, hija?

Pato le clava una mirada de reproche, como si reconociera el truco detrás del acto.

—Sí. Y tengo una pregunta: ¿la ley marca que el hombre de la casa se lleve el número más grande o cómo funciona esto?

—La ley marca que puedan llegar a un acuerdo entre las partes —informa la Lic. Esther como una nota al pie de página.

—La ley es la que marquemos nosotros, Lula —salta Pato.

—¿No querrás decir que marcas tú?

Mi mamá observa a sus dos niños lanzarse bolas de papel babeado. Intenta decir algo razonable como:

—Bueno, Lula, tu hermano tiene un hijo. Otro en camino. Pensamos que si él gestiona…

Si Pato manda, si Pato gobierna, si Pato se sienta en un trono de piedra. Pato enumera lo que le corresponde por ser hijo, hombre, fiel ordenanza de mi padre. Yo propongo que, muerto el tirano, cambiemos de régimen. ¿Y qué sugiero? ¿Un régimen a distancia? Mi hermano vuelve acusarme de haberme dado la gran vida en Barcelona a costa suya. Intento rebatir ese rumor, pero es demasiado tarde. Además, lo más grave no es lo que he hecho con mi lejanía, sino lo que he dejado de hacer.

—Tú no sabes nada de la casa —dice.

Y tampoco sé lo que necesitan los niños, las madres, las abuelas. No estuve ahí cuando el techo se caía, cuando se pudrieron las tuberías, cuando la abuela se rompió la cadera. No subí yo a repararlo, fueron sus manos las que se cortaron con unas láminas oxidadas. No conduje yo bajo la lluvia rumbo al hospital a las dos de la mañana. Fue él.

—Pero puedo estar.

—¡Ja! No quisiste volver cuando mi papá estaba vivo, ahora menos que ha muerto.

—Al contrario, ¡con más razón ahora que ha muerto!

A Pato le revienta cómo me expreso de nuestro padre. Para él merece adjetivos más luminosos, como generoso, sensato, íntegro. Cariñoso. ¡No es cierto, Pato! ¿No te acuerdas de todo lo que te hacía? ¿De todo lo que te decía? ¿Por qué tenemos que hablar siempre bien de los muertos? ¿Por qué su ausencia borra todos sus defectos?

—Porque ya no está aquí para hacernos daño.

Su declaración me congela. Nunca antes había admitido algo así.

Me detengo a pensar en mi propia demanda: que todo lo que no tuve de mi padre en vida me lo retribuya su muerte. ¿Qué recibiría? Una tercera parte del botín de mi hermano. Dinero, sí. ¡Y por supuesto que deseo el alivio que supone! Pero también me quedaría con la tercera parte de una camioneta que no voy a conducir, una mezcladora de cemento, planos con figuras que no entiendo y más y más camisas viejas. ¿Qué vacío llena todo eso? Mi mamá dijo: Tú estás lejos, tú necesitas otras cosas. Tal vez lo único que realmente necesito es un sitio que me acoja si algún día vuelvo. Y ya lo tengo. Pato no ha tocado la división de la casa, mi 33,33 por ciento.

Pero el resentimiento de mi hermano es un río desbordado que arrasa mis reflexiones.

—Ni tú tampoco —me grita—. Tú podrás ser la más lista, la valiente, la que logró algo por sí misma, pero no estás aquí. ¡Y aquí el que manda soy yo!

En esa sentencia escucho la reverberación del muerto. Vuelve a hervírseme la lengua. ¿Crees que amarrándonos con una cuerda vas a ganarte el respeto de la familia? ¿Crees que usar el taladro te convierte en ingeniero? ¿Crees que algún día vas a llenar sus zapatos?

Pato se abalanza de un lado a otro de la sala como un toro acorralado. Cabrona, mala hija, mala hermana, chupasangre. Mi mamá está llorando, con la cabeza hundida entre sus manos. Su sollozo es una gotera que no se detiene.

Oigo a mi madre y a mi hermano, pero no los escucho. Estoy leyendo los mensajes de la Licenciada. Me pide que deje de agitar las aguas. ¿Por qué me exige a mí sensatez? Me escribe que Pato ha amenazado con buscarse otro abogado, que conoce uno que le ha asegurado que él tiene las de ganar.

¿Es cierto eso?

Lic. Esther
No. No creo. Pero si cambia de abogado, ralentizará el proceso y lo hará mucho más costoso.

—Ojalá nunca tengan unos hijos que los pongan a decidir entre ellos —escucho la voz rota de mi madre. Veo a la Lic. soltar el teléfono y apresurarse a consolarla.

—¿Qué es lo que de verdad quieres, Pato? —le reclamo—. ¿Deshacerte de mí? ¿Que no regrese? ¡Soy tu hermana, chingado!

—¡Quiero que mi papá vuelva y no tener que hablar contigo nunca más!

Reconozco en esa frase la rabieta de aquel niño que me gritaba: ¡Te odio! ¡Ya no eres mi hermana!, cuando salía a patinar con mis amigas de la cuadra, dejándolo atrás con la excusa de que «es un bebé y siempre se está cayendo».

Lo veo salir disparado de la sala para que no veamos sus lágrimas. Igual que cuando, con catorce años, llegó corriendo de la escuela directo a encerrarse en el baño para ocultarnos su primer corazón roto.

Veo ahora a mi madre desbordarse tras él, suplicando:

—¡Pato! ¡Patito! ¡No te vayas!

Como cuando, en su primer año de universidad, Pato se mudó unos días a casa de mi abuela porque mi padre le rompió un diente de un manotazo. Había reprobado matemáticas.

—¡Mamá, mamá! —grito también yo, con el llanto rajándome la cara—. ¡Quédate conmigo!

Pero es la Lic. Esther quien llena ahora toda mi pantalla. Me dice, con la voz un poco agitada por primera vez en toda la sesión:

—Mantente al pendiente.

Y me cuelga.

—¡No, Licenciada! ¡Espere!

Me quedo aullándole al teléfono en una habitación colorida de una isla al norte de Malasia, sola, acompañada por el chirrido del ventilador. Marco sus números con premura, una, dos, tres veces. Nada. Me exaspero, ladro. Al cabo de unos minutos, un mensaje.

Lic. Esther
Dice que acepta. Todo a partes iguales menos la casa.

Lic. Esther
La casa toda para él.

La casa
toda
para él.

Lanzo el teléfono hacia la pared como si quisiera reventarla. El golpe resquebraja el espejo en mil fragmentos. Echo un salto hacia atrás. Alguien toca la puerta. No respondo. El ventilador raspa el aire como uñas desgarrando un pizarrón. No puedo ahora con otro problema. Los golpes en la puerta retumban en mi cabeza. Retrocedo hasta que la pared se me clava en la espalda. No sé qué va más rápido, si mi respiración o las arañas que trepan por mis piernas. Intento fundirme con el espacio, desaparecer, pero no puedo.

—¡Lula, Luli! ¡Abre, soy yo!

Quiel me encuentra en el suelo, desfigurada, martillando a puñetazos mis muslos, la voz en espiral. Tienen que contestarme. Tienen que contestarme. Tienen que contestarme.

—¿Qué pasa? ¿Quiénes?

Arrastrándome, recupero el teléfono del suelo. Sigue encendido. Funciona.

Marco. Nada. Marco. Nada. El corazón me taladra el pecho. Marco. Tienen que contestarme. Nada. Todo rojo.

Quiel forcejea conmigo hasta arrancarme el móvil de las manos. Y de mis fauces sale el chillido de una cerda arrastrada al matadero. Me lanzo contra él con todas mis fuerzas. Quiel termina desplomado en el suelo. Una esquirla más del espejo roto.

La casa

La fachada se alza imponente en la calle, con una alta reja de barrotes en forma de Y recta e invertida. Yλ. Un juego geométrico, herencia estética de los años ochenta. En la cochera hay espacio para los pares: dos autos y dos maceteros –un rosal y un ave del paraíso–. Empotrado en una pared, el armario de las herramientas. También hay dos puertas de entrada: la principal, reservada para las ocasiones especiales como la Navidad; y la que da a la cocina, con su mosquitero roto de tanto empujarlo con la mano entera.

La cocina huele, por encima de todos los aromas, a Jamaica. Caliente, con canela y naranja en invierno. Fresca, con azúcar y un chorrito de limón el resto del año. Las alacenas son del color rojizo y oscuro de esa flor cuando se seca. Tras una de esas puertas, entre táperes y frascos de conservas, guarda mi madre sus secretos.

Desde la cocina, una bifurcación: la sala o el jardín. La primera ha olido siempre a muebles recién desempaquetados. Ahí, en una esquina, puso mi papá una pequeña cantina, con una barrica tequilera y una pared dedicada a sus grandes éxitos: un silo, un puente, un muro, esta casa.

Desde la sala se sube a los cuartos. La barandilla de la escalera repite el motivo Yλ. Escalera traicionera. Su crujido delató más de cien veces nuestras deshoras. En su cima, un espacio común adornado con nuestros retratos y el baño que compartíamos Pato y yo.

A la derecha, su recámara. En sus paredes cuelgan todavía los pósteres de sus animes favoritos, que escondió en su etapa universitaria y rescató con la nostalgia del hombre convertido en padre. Su cama ahora es un corral para animales de peluche. Debajo, su archivo personal.

A la izquierda, mi cuarto. Mi cama fue reemplazada por un sofá que se abre cuando los visito. Dice mi mamá que la humedad del peor temporal en la historia de la ciudad pudrió los muebles anteriores. Muy conveniente para que mi padre lo convirtiera en su habitación propia. Donde yo escribía mis poemas descansa ahora su computadora, documentos llenos de números y planos arquitectónicos enrollados. En el clóset, creo, queda una caja con los restos de mi infancia.

Unos escalones más elevada que nuestras habitaciones, está la habitación de mis padres. El gran secreto.

Las ventanas de Pato y la de ellos dan a la calle, un río de bullicio imparable durante la noche –por la tiendita veinticuatro horas de la esquina– y el día –por el kínder que abrieron justo enfrente–. Desde su ventana, mi padre vigilaba el manguito que plantó en el camellón. Desde allí le gritaba a los que se acercaban a arrancarlos: «¡Todavía están verdes!

Déjenlos que se maduren. ¡Vuelvan en unos días y yo mismo se los corto!». Pero nadie le hacía caso.

Siempre creí que el mango era una fruta *nuestra*. No soy la única. Cuando escribía sobre Simón Bolívar, García Márquez dio por hecho que el general los comía con «deleite infantil». Un buen amigo suyo tuvo que advertirle que en aquella época todavía no habían llegado a América. El mango es originario del sur de Asia, específicamente de la zona de Myanmar.

A veces pienso que yo soy aquel mango del camellón. Plantada fuera por falta de espacio, echando raíces en la intemperie mientras que en el jardín reinaba el aguacate. Mi cuarto estaba encima del cuartito de la lavadora. Mi ventana daba justo a ese árbol. Mi papá lo trajo un día, ya crecido, con las raíces envueltas en costales. Dijo que en nuestra casa le iría mejor que donde estaba antes. Y sí. Creció tan sano y fuerte que se volvió un aliado para Pato y para mí. Nos dejaba treparlo para colarnos por mi ventana y evitar que mi papá nos cachara cuando volvíamos de madrugada.

Qué curioso. El aguacate, cuando crece, sigue siendo verde, como si en la madurez aún guardara secretos.

Siempre he lamentado no haber subido más al tejado. Sobre todo cuando éramos los únicos de la calle. Desde allí veíamos saltar a los conejos y a los gatos monteses acechar cervatillos. El cielo, por las noches, era un manto oscuro y moteado: la era previa a la contaminación lumínica. Me consuelo pensando que es normal no apreciar las estrellas hasta que desaparecen.

Una noche de noviembre –cuando noviembre era un ensayo del invierno y no una versión ardorosa de la primavera–, subimos los cuatro, envueltos en cobijas con tigres estampados, un montón de almohadas y un bol gigante de palomitas. Nos echamos en el suelo, como una familia de leones marinos, a contar estrellas.

–Eso es Pegaso.

–No, mensa, Andrómeda –me corrigió Pato, convencido de que en las caricaturas aprendía astronomía. Cuando sea grande, voy a aprender a leer el cielo, solía decir de chiquito.

–Ya les dije que no quiero que anden viendo esos dibujos –dijo mi mamá–. Son muy violentos.

–¿Qué dibujos? –preguntó mi papá.

Y Pato, entusiasmado, aprovechó el resplandor de interés para contarle sobre las casas del zodiaco y unos guerreros de armaduras doradas.

–Papá, ¿me compras un telescopio?

–Si te portas bien, capaz que el Niño Dios te lo trae.

Pero Pato no se portó bien ese año.

Nos quedamos dormidos. Mi mamá me despertó repitiendo mi nombre, quedito: Lula, Lulita... Me tomó de la mano y me condujo hacia mi cama. Mi padre intentó cargar a Pato, aún envuelto en la cobija, pero no pudo.

–¡Qué raro! –dijo con extrañeza–. Antes podía.

Hay quien piensa que, para cuatro, nuestra casa es perfecta. Para otros, necesita otra habitación y más metros de jardín. Yo, por mi parte, siempre sentí que había espacio de más, y que su entrada de luz era suficiente para mostrar nuestras grietas.

Si algo puedo agradecerle a mi padre, es por ese lugar del mundo en el que alguna vez tuve un hogar. Quizá te fallé, papá. No supe cuidar bien la casa.

Despedidas

Maneras de despedirse:
un hombro mojado
una carta
ojos en la espalda
noche cerrada
semillas de papaya
un tropiezo
un portazo
veneno
una taza de té
el cometa que se cansa de orbitar

> **Quiel**
> Me tengo que regresar
> a SGP mañana bien
> temprano. Es una urgencia.
> Lo siento.

Leo ese mensaje nomás despertar y corro, así como estoy, en pijama y con el cabello en remolino, a su bungaló. Golpeo la puerta. Él abre, ya con la mochila en el hombro y ni un rastro suyo en la habitación salvó las sábanas hechas bola.

—Pero todavía nos quedaba un día.

—Es que... no puedo.

—¿Es por mí?

—¡No! ¿Cómo crees? Una urgencia del trabajo.

Ezequiel sale con un movimiento hosco, evitando cualquier contacto físico.

—Perdóname. No quise ponerme así. Es que Pato...

—No te preocupes.

—Igual puedo volver a Singapur en algún momento y...

—No pienses en eso ahora, de veras. Hablamos luego con más calma.

Arnau sale a nuestro encuentro. Ezequiel le ha explicado las mismas vaguedades que a mí. Quiel nos da un abrazo a cada uno. No es su cuerpo, sino el fantasma de su cuerpo, escurriéndose hacia el recuerdo. Luego, estrecha la mano de Arnau. Le dice:

—Ahí te la encargo.

Habla de mí como entregando un paquete.

Soy yo el fantasma.

Ezequiel cruza el patio que da a la calle como atravesando un océano. El tuk-tuk ya lo espera. Se gira una sola vez para decirnos adiós con la mano. En el amplio campo anegado frente a nuestro conjunto de bungalós, un grupo de búfalos de agua pasta tranquilamente. Unas garzas blancas, atrevidas, les caminan encima del lomo.

¿Cuántas veces voy a despedirme de Ezequiel?

Guadalajara, Barcelona, Singapur, Langkawi. Cuatro escenarios. Ocho personajes. Dos actores. Un montaje que se nos escurrió de las manos. A esta isla, la última frontera de Malasia en el Andamán, Ezequiel me siguió pensando que encontraría un águila sobre un nopal devorando una serpiente. En este lugar, donde debíamos fundar un imperio, Ezequiel descubrió las espinas del nopal y el veneno de la serpiente.

Maneras de despedirse:

Liam dijo: *Zeq... who?*

Pía dijo: Hasta los tigres sienten miedo.

Siti dijo: No me sorprende.

Arnau dice: Ahora estarás mejor. Come.

Volvió por la tarde con una cajita de fideos con pollo. Tenía la frente roja, quemada por el sol.

Tras la marcha de Ezequiel, decido no acompañar a Arnau al paseo que teníamos planeado con Pía, Liam, Siti y el resto de la comitiva. No merezco salir de la habitación. Tampoco tengo fuerzas para hacerlo. Todo el día, a través de la ventana, veo a los búfalos hundirse en el barro, entregados a su fortuna. Los más jóvenes se revuelcan, juguetones y contentos. Pero al final terminan también sumidos en el letargo, lanzando gruñidos roncos de vez en cuando, como si se sintieran obligados a avisar que siguen vivos.

—Tienes que ponerte crema hasta acá arriba —le digo a Arnau.

Con los dedos, rozo la parte de su frente que solía quedar protegida bajo su cabello castaño. Siento cómo se tensa bajo mi mano, como si el cuidado con el que me acerco fuera una tregua sospechosa.

—Antes no tenía estas entradas —dice. Con un movimiento automático, busca inútilmente el espejo.

Yo tampoco era así. Antes era divertida, lista, sexy, no una lata oxidada en mitad de la selva.

—¿Me seguirás queriendo cuando me quede calvo?

¿Me seguirás queriendo cuando vuelva a ser feliz?, pienso. No lo digo porque temo que la respuesta sea un no.

Arnau se quita las chanclas y se tumba de un salto en la cama, cámara en mano. Sus ojos se clavan en las imágenes de la jornada. Lo imagino contento todo el día, riéndose con sus amigos nuevos, y de pronto, con el semblante ensombrecido al girar en nuestra calle al recordar quién lo espera. Por eso quise arreglarme, disfrazarme de un yo bonito tras una ducha minuciosa y con el cabello recogido en un nido. La sonrisa ensayada en el reflejo de la ventana.

—El *popping tour* te habría encantado —dice Arnau.

¿A cuál de todas las Lulas?

Me siento a su lado. La cama, de repente, es un campo húmedo donde pastan los búfalos.

—¿No se llama *hopping tour*? —digo.

—No, *popping*. De que vas haciendo *pop, pop, pop*, de isla en isla.

La pantalla muestra unos acantilados escarpados cubiertos de jungla, un lago de sirenas, un voladero de águilas alrededor de un banco de peces, la luna abrazando una estrella, el hiyab empapado de una mujer. De pronto, él. Arnau. Un chapuzón en el agua. Un coco. El sol obligándole a usar sus manos como visera. Un mono arrebatándole una lata, su boca abierta en divertido pánico. El viento rozando sus mejillas en la proa de un barco.

Me detengo en los detalles de su sonrisa: la pequeña arruga en la comisura de sus labios, el pliegue suave de sus párpados, el hueco entre sus dos dientes de enfrente. Una reliquia extraviada. La prueba de que aún existe, de que podemos recuperarla.

—Ya sé que te pedí que te quedaras conmigo —le digo— y que volvería a ser yo. No he sido justa. Ya no tienes que cargar conmigo si ya no quieres... si ya no puedes.

Arnau aparta su cámara. Me mira con incredulidad, como si llevara demasiado tiempo esperando esas palabras y ahora le llegaran desordenadas. Pero no tarda en lanzar hacia mí su cuerpo cálido y salino. Siento nuestra relación hundirse en mí como un barco accidentado soltando lastre en el mar. Quiero llorar, pero no es mi turno, así que dejo que mi hombro se empape.

—No estoy aquí por obligación —dice, con la voz rota y sus brazos aún alrededor mío—. Estoy aquí porque te quiero.

No sé si merezco sus brazos. Ni si sabría sostenerlos. Si los papeles estuvieran invertidos, ¿habría estado yo a la altura? ¿O habría huido de Arnau como Ezequiel huyó de mí?

Al atardecer, los búfalos se agrupan. Sus enormes cuerpos, curtidos por el calor del día, visten una armadura de fango seco. Agitando rabos y orejas con la inercia de los años, se sacuden los insectos. A veces sueltan unos gruñidos hondos y ásperos. Otras, apenas un resoplido. Su andar remueve la hierba húmeda de los arrozales. Sus ojos tristes reflejan la noche estrellada. Sus cuerpos en el horizonte dibujan una sierra errante y sombría acomodándose en la quietud del paisaje.

Adiós, Malasia. *Terima kasih.*

Langkawi → Koh Lipe

Sueño IV: vi. Ves. ¿Dónde Es? ¿Ahí?

En mis sueños, vivo en la playa privada de un hotel acristalado. El personal me levanta antes de que los huéspedes se asomen por las ventanas. Recojo lo mío: cenizas, un lápiz, un cadáver de medusa, un cristal. Sopeso la posibilidad de sembrar una bandera, pero Ezequiel, de pronto a mi lado, dice: Vi una cascada de aguas doradas. Y Arnau: *Ves a buscar-la*, yo te espero. ¿Pero cómo voy a andar si tengo rota la espalda? El perro negro agita la cola en remolino. No hay huellas, pero en la arena la llave arrastrada indica el destino. ¿Dónde es? ¿Ahí? Pero ni el perro ni yo sabemos leer.

Koh Lipe

การต้อนรับ / Bienvenida

—A-ná Lút-des Na-wá-[ɾ]o Má-lín? —pronuncia el funcionario de la frontera tailandesa.

A pesar de que su voz está envuelta en el oleaje, me reconozco en ella: Ana Lourdes Navarro Marín.

Descalza, cruzo el pasillo de arena. La brisa del mar se me pega al cuerpo. El sol de la media mañana se cuela entre las rendijas del tejado de palma. Distingo el pasaporte rojo que el funcionario agita en el aire. Reconozco bien la extrañeza con la que lo estudia, con la que recorre ahora mis facciones. Sé que está buscando la trampa en el acertijo.

—*You don't look from Europe* —me dice finalmente.

Flash. Vuelvo a mi primer viaje a Tailandia. A ese momento en el cual, después de muchos años en Barcelona, me sentí como una más, no la otra, la diferente. Por primera vez en mucho tiempo, las miradas que despertaba mi cuerpo eran de sorpresa, de curiosidad inocente, no de amenaza.

Chiang Mai. Estación de autobús. Un grupo de trabajadores me señalan, cuchichean, se estrechan la mano. El conductor, casi frotándose las manos, pregunta por mi nacionalidad. ¿Por qué te importa?, le pregunto. Y con una risa pícara confiesa que han hecho una apuesta sobre mi origen. Bangladesh, Malasia, Filipinas. ¿Qué apostaron? Las cervezas del final de la jornada. ¿Y si gano yo? El conductor, fascinado, me premia a mí con su pastelito de taro.

Flash.

Laos-Camboya. Puesto fronterizo. Los laosianos organizan a los turistas para agilizar el cruce. De repente, me separan de mi grupo. Pregunto a uno y otro qué pasa. La respuesta viene de una mujer que me empuja con desgana hacia una fila aparte, gritando: *Thai passport! Thai passport!*

Flash.

Bangkok. Un muelle a la orilla del río Chao Phraya. Una chica tailandesa me hace una pregunta. Le explico que no entiendo su idioma. Ella, confundida, contesta: ทำไมจะไม่ได้ล่ะ? Cuando le digo que soy mexicana, exclama: *Aaaah! Sister!*

Flash.

Koh Lipe. Hoy. La primera isla del sur de Tailandia en el mar de Andamán, en la frontera con Malasia. Un rincón del mundo que los libros de viaje evocan cuando intentan definir el paraíso: arenas blancas, aguas turquesas salpicadas de islotes rocosos, música en el aire, criaturas marinas con piel de jungla.

—*You look Thai!* —El funcionario de la frontera pronuncia estas palabras con una sorpresa que acaricia mi rostro. Sujeta todavía mi pasaporte español entre sus manos.

—Soy mexicana… —respondo. Y por si acaso, añado—: también. *You know: Mexico, Thailand: same same…*

—*But different!* —exclamamos al unísono ese viejo dicho tailandés que difumina las fronteras y vuelve familiar lo extraño.

El agente estampa el sello en mi pasaporte. Me dice ยินดีต้อนรับ con una sonrisa. Al resto de turistas les ha dicho *Welcome to Thailand*, como se lo dirá, en breve, también a Arnau. La amabilidad es el lenguaje universal de los tailandeses. Pero a mí, además, el funcionario me estrecha la mano y me llama *sister*. Sus palabras me arropan con la misma calidez que siento cuando, al entrar a México, los del control migratorio sellan mi librito verde y me dicen: «Bienvenida de regreso a su país, señorita Navarro». Entro a Tailandia como cruzando una última frontera, el destino en el que caen en su sitio todos los nombres.

Una llar

—¿Ha pasado algo entre Ezequiel y tú?

Mi cerebro se enciende con la velocidad de un supercomputador. Busco el ojo del huracán. Respuesta no encontrada.

¿Dónde empieza la traición?

Quizá en la última hoja del pasaporte, en una bachicha que todavía humea, en el píxel quemado de una pantalla. Acaso en el sexo.

Si en el sexo propio, en la ducha de un hotel en Ipoh. Si en el ajeno, en un bano estrecho en Penang con hedor a orín, eructo y aceite de coco quemado. Tal vez, como todo viaje, su inicio se marca en el deseo de partir hacia un destino soñado.

Arnau gira su cámara hacia mí y ahí están, en medio del mar, dos figuras humanas y oscuras a punto de convertirse en una mancha. Solo hay una respuesta posible a su pregunta, un monosílabo. Yo elijo el relámpago que deja a todo un pueblo sin luz. Él, el vendaval que arranca del libro las hojas.

¿Es esto el temido monzón?

No atino a encontrar un refugio porque me entretengo encendiendo la pirotecnia. Quiero una estrella artificial que nos distraiga y me permita seguir escondiendo la mierda, como esconden las guías de viaje los lugares donde venden niñas tailandesas. Una excusa: No, Arnau, no hubo beso. En la foto que viene después, la que no tomaste, él está claramente echándose hacia atrás, huyendo hacia el islote al que tú llegaste primero. Sí, Arnau, yo intenté besarlo. Lo deseé. Traicioné tu confianza, fui vulnerable y él se aprovechó. Él me usó como pasatiempo. Y yo, pobre huérfana, pobre niña buena, engañada por un hombre malo, malo, malo.

Pero la nube se abre como un párpado herido. Su furia se derrama en la pólvora.

¿Para qué el artificio? ¿Para qué posponer un final anunciado?

Dejemos que nos arrastre la tempestad.

Un rugido ensordecedor nos invade desde el corazón de la selva. El mar apuñala con rabia la arena, dejando bancos de peces retorciéndose en la orilla. Arnau y yo corremos con el frenesí del jabalí que huye del depredador. Una rama desgarra mi pierna.

—¡Creí que pensábamos lo mismo: que estar juntos significa cuidarnos!

Las palmeras se zarandean, se dobla el chillido de los monos.

—¡Egoísta, injusta, desvalida emocional!

Las barcas se parten en dos.

—¿Cómo crees que me quedé aquel día que casi te tiraste por el balcón? ¿Cómo crees que dormía pensando que al despertar te podía encontrar muerta?

Trozos de coral rojo se clavan ardiendo en la piel.

—Porque cuando eres feliz, Lula, ¡la de cosas que eres capaz de lograr! Lo preciosa que estás, ¡lo bien que nos va!

Piedras y troncos y arena caen sobre nuestras cabezas.

Nos precipitamos a ciegas por entre el vendaval hasta toparnos con la boca de una cueva. Bien dentro aún resuena el bramido de la calamidad. Las paredes gotean, filtrando augurios por entre las piedras. Aún huele a incienso. El altar resplandece con la luz vacilante de un último aliento. Los Budas nos observan, serenos, antiguos. Pelo un mango que había sido depositado en la ofrenda y se lo entrego a Arnau. Sus manos están frías, pero llenas. Esperamos, despiertos, mil años a que amaine la tormenta.

Al salir, el desastre.

Arnau y yo atravesamos aldeas reducidas a escombros. Ríos de agua fangosa arrastran ropa, libros, utensilios de cocina, lotos deshojados y fotografías. Reconozco entre todos esos objetos la camiseta con el letrero TRAMUNTANA KID que Arnau llevaba el día que nos conocimos, el póster de una película que a ninguno nos gustó, el ventilador que no pudo sofocar el calor de nuestra primera vez y nuestro pisito de la calle Rocafort, con sus olores, su cama coja y nuestras sábanas manchadas, el olor de su cuello, el sabor de su saliva, el chasquido de su lengua, nuestro propio y único idioma catañolxicano, que folla y coge, que chinga y jode, que *préssecs* y jícamas.

Arnau suspira. Toma mi mano como lo hacía al inicio, con cuidado pero sin temor. Y me dice, con la voz envuelta en una grieta:

—*Jo només volia donar-te una llar.*

Él solo quería darme un hogar. El mar se está tragando los restos.

Arnau suelta mi mano y retrocede. Comienza a alejarse y, por un instante, me parece que, aunque cojea, su andar es ligero. Veo su silueta hacerse cada vez más pequeña. Perdóname, digo. Y confío en que el viento sabrá entregarle el mensaje cuando llegue el momento.

A lo lejos, detrás de una colina, veo que se levanta, como un faro, una torre de humo. La hoguera. El aire huele a algo más que tristeza. Unos segundos después, las voces. Una canción que desconozco pero que, al mismo tiempo, reconozco. Me acuesto sobre la arena húmeda a esperar a que las nubes se disipen. Me acompaña el oleaje que, como yo, aún intenta encontrar sosiego. Y lloro.

Koh Lipe → Koh Muk

Infusión

La frontera entre el azul despejado y el gris nublado es evidente. Como ese lugar donde, según el mito, el Pacífico y el Atlántico se tocan, pero no se mezclan. Dejo que el viento azote mi nuca recién descubierta. La recorro con la yema de mis dedos como no lo hacía desde que el cabello se me desbordaba sobre la espalda. León sin melena eléctrica aprende a mirarse en el reflejo del mundo.

Desembarco.

La isla gotea.

Lo que tiene la humedad es que esconde la belleza.

Junto las manos. Hago una ligera reverencia. La señora responde con el mismo gesto al que suma una sonrisa amable. Luego, pronuncia palabras que son como una larga enredadera llena de flores.

I'm so sorry. I don't speak Thai, digo.

Y de nuevo, el retrato familiar. Yo mexicana, tú tailandesa, yo tailandesa, tú mexicana. Un espejo, un remedio, sombra fresca bajo el tamarindo. La señora señala su brazo, que roza el mío.

We the same!

Se alivia la distancia entre los mundos.

Dadá.

Dice, poniendo su mano izquierda sobre el pecho.

Lula.

Replico el gesto.

Where is our friend?

No hay tal. Soy solo yo.

Sigo a Dadá hasta mi cabañita a través de un jardín de estanques desbordados, rebosantes de lotos todavía sin florecer. Decenas de ranitas saltan a nuestro paso. Dadá se detiene a sacudir una piedra que se le ha incrustado en el talón. No, es un caracol. Cuidado.

Dejo la mochila en una esquina del cuarto. Deshago el nudo de la tela-mosquitero, que se derrama como un velo alrededor de la cama. Me dejo caer sobre el colchón. Así, enroscada y disuelta, me atraviesan las mañanas.

Una de ellas, bajo a la playa. Una niña y un niño pequeños se persiguen, ríen, se empujan al agua. Un perro grande los mira, aletargado sobre un lecho de arena. Camino por la línea de la costa. Cruzo complejos hoteleros malogrados y barrios de madera y láminas, casitas edificadas sobre plataformas en el agua. En los tendederos distingo delantales y uniformes. Se escucha el cacareo de las gallinas, el ladrido de los perros y voces salidas de un televisor.

Camino. No sé cuántos días. Desconozco la longitud del tiempo.

Creo que he llegado a la punta de la isla porque me encuentro con una lengua de arena que lametea el mar. Detrás de mí, el jardín de un resort fresa, amueblado con camastros flotantes. Parece deshabitado. La calma de los pueblos españoles a la hora de la siesta en verano.

Las raíces de un árbol frondoso sobresalen por sobre la tierra, puntiagudas. Como las arañas patonas que los adultos dicen que hay que ignorar porque «no hacen nada». Cuelgo mi ropa en una de sus ramas. Sumerjo mis pies. El agua es una infusión de sal y nostalgia. Sopeso la posibilidad de medusas. Si me pican, pienso, al menos nadie olerá mi meado vertido en la lesión. De pronto, una cortina de lluvia fina. El mar se torna plateado. Un montón de cuerpos alegres emergen del sopor y, tras pasar corriendo a mi lado, se zambullen en el mar. Me dejo contagiar. Ahí, fundida en la frontera entre el agua vertical y el agua horizontal, decido: la próxima vez seré yo quien se lance primero.

Al recoger mi ropa, reparo en una cajita de madera clavada en el tronco. Dentro, una botella. Un letrero en inglés: VINEGAR. Alguien comparte mi mismo miedo. Y sabe cómo aliviarlo.

De vuelta en el hotel, Dadá señala mi plato, que permanece intacto.

No like?

Sí, sí. *Very good.*

Cojo la cuchara y me meto un bocado. La niña que disimula, bajo el uniforme limpio, sus anomalías. En busca de un gesto de aprobación, me detengo en sus facciones: los ojos negros y rasgados, el cabello oscuro y remojado, los brazos anchos. Tiene el vientre abultado de las mujeres vivas. Es apenas más alta que yo. Me ofrece un té. Al cabo de un rato, me trae una bebida de un penetrante color naranja y un pastelito de coco. Y la cuenta.

Tomorrow you go sea.

A esa hora, el mar ya no se ve, solo se escucha.

ทะเลเย็บเศษเสี้ยวของจิตวิญญาณที่แตกหัก

Mi perplejidad se asoma en la sonrisa.

Cada vez que hablamos, Dadá tiene que recordar que no somos un reflejo perfecto. Entonces, remueve sus lenguas como si mezclara ingredientes en una olla. Me dice:

Sea, good for soul.

Koh Muk

Dugongo

Una prominente roca adormecida en mi horizonte, color arena y gris verdoso como las hierbas de humedad. Intento maniobrar el kayak. Los puños aferrados al remo. La piedra anticipa mis direcciones, pícara, como un gigante que juega al encuentro. Tuerzo el rumbo hacia la costa. Ella también. Me zarandean sus olas. Cruje el casco del kayak. Suelto un grito cuando estoy a punto de estrellarme. La roca se agita. Por poco me vuelca. El agua se abre. Un chapuzón estalla y, en el aire, queda suspendida una pesada cola en forma de medialuna, reluciente tan solo un segundo antes de desaparecer. Me quedo congelada ante ese imposible saludo animal. Cuando comprendo que no tengo palabras para lo que vi, remo de vuelta al hotel con toda la velocidad que me queda en el cuerpo.

Sea lion?

Le pregunto a Dadá sobre mi encuentro salvaje.

Mis brazos en el aire trazan la imposible silueta de una sirena escalando del revés una montaña. Su impaciencia arranca una hoja de su libreta. Me da una pluma. Esbozo, con trazos de la infancia, una criatura fofa con cola de pez. Ahora inquieta, Dadá me arrebata el papel y completa el retrato: hocico achatado, ojos soñolientos, expresión bonachona.

¡Cau! ¡cau!

De la cocina vienen presurosas dos mujeres, un anciano desde el jardín con un muchacho, dos niños y un hombre que, luego descubriré, es el marido. Mi hallazgo es digno de un festejo colectivo.

พะยูน! พะยูน!

Repite toda la familia.

Dice Dadá:

¡Du-kong, du-kong!

Yo insisto:

Sea lion?

Ella niega con la cabeza y, vocalizando cada sílaba para que no quepan dudas, dice:

Sea cow!

«Antes fue la vaca o manatí y Colón creyó que era sirena», escribió Margo Glantz en un texto sobre las ballenas. Los manatíes no están emparentados con los cetáceos –las ballenas–, pero con fines literarios Glantz creyó oportuno hablar de todos a la vez. Quizá, como Cristóbal Colón, fue embrujada por el canto de las sirenas. En la bitácora de su primer viaje transatlántico, Colón afirma haber avistado estos seres mitológicos. Anotó que «no eran tan hermosas como las pintan» porque «tenían forma de hombre en la cara». Eran manatíes. En eso nos parecemos los latinoamericanos a estos animales marinos, en que confundimos a las personas como Colón.

La roca fantástica que casi me hunde era un dugongo, el primo asiático del manatí del océano Atlántico. La ciencia ha clasificado a ambos como sirenios.

La familia Dadá quiere saber:

¿Qué es un *sea lion*?

Junto al dugongo del cuaderno, otro boceto: cuello grueso y alargado, dos aletas abiertas a punto del aplauso, nariz puntiaguda, como olfateando caramelos, y unos ojos que intentan convencerte de que les des algo de comer. Les cuento que viven en manada, en el bracito que tiene México en el noroeste, donde el mar se encuentra con el desierto. Hago una pobre imitación de su sonido, una mezcla de tos y aullido que se parece a los ladridos del perro viejo que vive en el hotel. Los niños se carcajean.

A los manatíes se les apoda vacas marinas porque sus hábitos se asemejan a los del ganado. Son tranquilos, robustos y dedican su día a pastar. Por eso se encuentran en las costas, me cuenta Dadá. Ahí crecen las plantas de las que se alimentan. Entre el agua y la tierra, el dugongo lleva en su sangre el eco del elefante, su pariente más cercano según la cadena evolutiva. Curiosamente, vistas en un mapa, las fronteras políticas de Tailandia forman la silueta de un elefante.

Retomo la ruta en kayak al día siguiente. Y al siguiente. Y luego, otra vez. Esperando reencontrarme con el dugongo.

Llego a una playa abandonada, enterrada en botellas de plástico; a una cala de rocas rojas a la que llamo Marte; a un chiringuito donde bebo una cerveza. El señor que lo atiende ahuyenta serpientes azotando el suelo con su escoba. Otro día ato el kayak a una piedra y nado al interior de una cueva. Y el último remo mar adentro hasta que se me cansan los brazos. Estoy flotando sobre un abismo. El agua es un espejo negro.

Amedrenta más la oscuridad del océano que todos los colores de la ciudad vistos desde la planta 86 de las Torres Petronas. Pero me asomo, y desde ahí veo claramente a mi familia, una casa en ruinas. Escucho mi propio canto de sirena, el murmullo que me trajo a Tailandia. En mi cuerpo, el recuerdo de mi padre muerto, aún pegado a mi piel como la humedad del mundo, como la suciedad del mundo, como una verdad incómoda a la que odio y amo a la par porque ha moldeado quién soy. Debe haber otra forma de habitar este mundo, hacer de la distancia un puente y no un campo de batalla. ¿Puede un león transformarse en una vaca? ¿Puede un depredador implacable, acostumbrado a la violencia de la carne, entregarse al sereno arte de pastar? ¿Podré algún día, como el dugongo, renunciar a los colmillos y entregarme a la marea?

Hilo a hilo, suelto la roca a la que había estado atada.

El cuerpo de mi padre se hunde en el Andamán como un animal fosilizado, arrastrado al fondo con la fuerza de un bloque de cemento.

Luego trazo con mi cuerpo una curva en el aire y me zambullo entera en el negro. Floto hasta que los colores del cielo me anuncian que debo volver.

No volví a cruzarme con el dugongo. Nuestro encuentro fue un destello único, pero destinado a alterar para siempre el curso de mis días.

A diferencia de los leones marinos, que se desplazan en manada, yo, como las vacas marinas, elijo la soledad. Como el dugongo, busco habitar la calma del espacio intermedio entre la arena y las olas y aprender a ser, finalmente, mi propio refugio.

Llega mi último amanecer en Koh Muk. Antes de subirme al tuk-tuk que me llevará al muelle, Dadá me ofrece un abrazo cariñoso. Luego, me pide que reseñe su hotel en internet, que cuente al mundo lo del dugongo para atraer más turistas a su lado de la isla. Aún no me decido a hacerlo.

Koh Muk → Krabi → Bangkok

Cartografía de un hogar

La embarcación atraca en mí en el único muelle abierto. Lo he construido con tule, bambú y ahuejote, y reforzado con bridas plásticas que resisten el tiempo. Evitar el desmoronamiento es imprescindible, mas no inevitable. Por eso, cada tanto, tengo que destejerlo y volverlo a armar.

En esta tierra que soy, florecen las mujeres, aunque se nota en su estructura la mano del hombre. El poblado es un conjunto de casitas levantadas con restos de bronce, cerámica y tambos agrietados que, en sus mejores días, recolectaron agua. Ahora casi no llueve y, cuando lo hace, preferimos abrirle la boca al cielo. El paseante estudia el pueblo. Se maravilla, mas no siente mucha intriga. Cree que lo sabe todo porque es un lugar que se nombra en las guías. Se le advierte: No arrancar, ni por accidente, ni un fruto, ni una rama, ni una flor. Pero la invasión es ineludible.

Mis mujeres tienen los rostros desfigurados, las manos como campos de té. Y yo las lavo y las beso cada que me acuerdo, a veces con asco, a veces con remordimiento, unas cuantas, con amor. Tienen un ojo en el desembarco. El otro en el huerto, enfocado en el arado, la siembra o la recolección, dependiendo del calendario. El turista se apresura a sacar la cámara, pero no puede fotografiarlas. Sus cuerpos se confunden con la tierra, que es marrón, que es cobriza, que es ocre y que es negra. Sus vestidos flotan como deshabitados.

En breves instantes, la embarcación timbrará su retirada y, para la mayoría, aquí acabará la visita. Pienso en aquellos a quienes he dejado entrar en mí: la señora del hotel de Kuala Lumpur, el segurata de las Torres Petronas, el Sr. Li, Ali y Emi, la Kim, Siti, Pía, Dadá. Algunos me habrán olvidado ya. Para otros, seré apenas un *souvenir* del breve momento en el que una punta del sur se juntó con la otra.

Escribo a Pía y Siti un mensaje breve: un saludo y un agradecimiento. Siti contesta al momento con una carita feliz y la ilusión de un reencuentro: *Maybe Barcelona next year!* Es el tipo de viajera que se marcha dejando una puerta entreabierta. Pía, por su parte, lee mi mensaje, pero su respuesta se toma su tiempo. Cuando llega, tiene forma de mano extendida y se acompaña de unas coordenadas: una roca dorada suspendida al filo de un precipicio. Un país llamado Myanmar. Pía es del tipo exploradora de quien aprendes a mirar lo que hay después del abismo.

Los supervivientes deben atravesar ahora un arrozal, ahora una cascada, una plantación de cocos. El hechizo de la humedad en los troncos huecos del bambú. Llegarán al borde del cráter, donde la herida señala: «Aquí acaba el antes. Aquí empieza el después». Están equipados: colmillos, picos, garras. Se descenderá más rápido dejándose caer, mas no todos tienen el espíritu preparado. Habrá que saberlo con antelación. O tirarse y confiar en que, en el fondo, siempre hay agua.

Escribo a Ezequiel con la espina de un erizo. Con cuidado para que no confunda el cariño con un reproche. Soy breve. Tal vez un poco parca. No puedo decirle que nuestro encuentro ha sido como enchilarme otra vez con los caramelos de la infancia. No lo entendería. La que hoy le escribe, su antigua amiga, es a la vez una adolescente que descubre su sexo, una mujer que sabe querer y la Lula que aprende a despedirse. No lo entendería. Ezequiel es el tipo de viajero que realiza todos los caminos y experiencias que recomiendan las guías. Luego regresa, vomita y dice: Algo me ha hecho daño.

En el fondo del cráter, un campamento. Las sombras bailan al ritmo de la hoguera. Se ilumina por momentos un nombre bien tallado en la pared.

Arnau.

Me acerco como flotando y escucho un ronquido, un viento, el tartamudeo de un sueño inquieto.

No he de despertarlo. Riesgo de asustarlo.

No he de abrazarlo. Riesgo de ahogarlo.

He de resistir al espejismo. Soltarlo.

Me detengo un momento ante el pequeño huerto que ha cultivado. Imagino sus manos pacientes y cariñosas surcando la tierra, depositando cada semilla, alimentando la flor, disfrutando el fruto.

Ojalá, un día, amar así la tierra.

Cojo una vara seca y con ella trazo en la arena la ruta hacia mi superficie, hacia mi muelle, hacia el mar. Quizá se demore en llegar. Quizá tenga que abrirse a machetazos un sendero a través de la selva; aplicar la experiencia para distinguir cuál es la planta que cura y cuál la que envenena. Quizá Arnau deba, en lugar de matarlo, aliarse con un dragón.

Me despido en silencio. Me alejo.

Confío en que cuidará de sí mismo con el mismo amoroso instinto con el que a mí me salvó.

Vuelvo la vista hacia el río subterráneo. En el suelo, huellas de humanos. Sé que no son de turistas porque llevan los pies descalzos. Hay tres pares diferentes. Papá, mamá, hermano. Me desprendo de todos mis disfraces. Hace mucho que no tomo esa ruta, pero sé, claramente, que debe hacerse desnuda. Tirito. Me muevo como un cachorro recién estrenado en el mar. Luego, recuerdo cómo nadar y me sumerjo. Nado entre criaturas espectrales, ciegas y pálidas por la falta de luz solar. Aprendo de ellos a palpar el fondo con la vista cerrada, a leer con la piel, a oler el agua.

Al final del túnel, una playa. Un camino de piedras. Una casa.

Una casa dentro de una cueva
dentro de un cráter
dentro de una selva
dentro de una isla
dentro de un mar
dentro de un océano
dentro de un planeta
dentro de este cuerpo-isla que guarda todos los mapas.

Un hogar.

Hay un terreno, en el sur de Guadalajara, sobre el que un hombre, un día, construyó una casa. Fue a vivir allí con una mujer. Plantó bien profundas las vigas. Plantó también un aguacate jovencito. Y un mango en la calle. Con el tiempo, la casa creció, alta e imponente. El aguacate, denso y fértil. Y también la niña y el niño que vinimos después.

Mi hermano aprendió a distinguir el concreto del cemento. Yo no, pero también metí las manos en la mezcla. E improvisé puentes y carreteras, viviendas y escuelas, mercados y hospitales. Guardé mi pequeña ciudad en una maleta y me subí a un avión. Luego a un tren, un ferry, un autobús y a un tuk-tuk. No volví.

Mi hermano también se marchó y la casa fue sintiéndose vacía.

Un día, sin aviso, el hombre murió.

La soledad se instaló en su lado de la cama. Ocupó su silla en el comedor, la taza del baño, el armario de las herramientas, la sombra del aguacate en el jardín. Cuando quiso invadir la cocina, la mujer decidió que era momento de arrebatarle a la muerte el territorio. El hijo también. Y yo. Sin embargo, en lugar de unirnos contra ella, dejamos que la pena se enredara en el amor. Y la mezquindad, la rabia y el miedo que suceden al duelo.

Pero aún estábamos a tiempo.

Es de madrugada en Tailandia. Pleno día en México. La hora en la que todo se escucha. Escribo a mi familia que, aunque coja, todavía puedo llamar familia.

Quiero ser una de esas viajeras que respetan la geografía:

«No tomes nada más que fotografías. No dejes nada más que huellas».

Acepto.

Porque, como escribió Lorca en aquel romance: «yo ya no soy yo, / ni mi casa es ya mi casa».

Digo sí a Pato y a sus condiciones.

Sé lo que me reprochará mi mamá: que no jalé la cuerda con suficiente fuerza.

Pero es que yo ya tengo lo mío: un cofrecito, una ventana, una llave. Le pediré que me los guarde.

Pato hereda la casa que edificó mi papá.

Yo me llevo, en la mochila, la semilla del hogar que construimos entre los cuatro.

Sé que esa casa pronto volverá a ser habitada. Que allí crecerán otro niño y otra niña, arropados por su abuela y unos ositos de tela que huelen a un señor al que los mayores llaman «papá». Un día les tocará a ellos trepar las ramas del aguacate. Recolectar los frutos para que a nadie le abollen la cabeza.

Un día, la niña se irá.

O quizá será el niño quien se marche.

Deseo que no teman al regreso, como yo le temí. Y que, si llegan a sentirse solos, en algún paraje extraño del mundo, rodeados de bichos y plantas sin nombre, acudan a mí y yo sepa enseñarles a hablar una lengua desconocida, a balancear el peso de la mochila, a amar el camino.

Deseo un hogar nuevo, verde y feliz para mi familia.

Y también para mí.

Bangkok

¿Sueño? V: ahí es donde vives

El río Chao Phraya está flanqueado por altos edificios acristalados. Mi familia me llama porque quieren saber dónde estoy. Yo les cuento: en una ciudad donde la luz está enredada, Buda es alto como los rascacielos y su pueblo no conoce la colonización.

¿Cómo entonces nos parecemos tanto?

Ellos insisten en verlo, así que enciendo la videollamada. Sopeso la posibilidad de descansar, pero la ciudad dorada me invita a descifrarla. Decido, entonces, bajar del barco. Deambulo entre el asfalto y la maleza, esquivo ratas del tamaño de un corazón. Mi estómago me arrastra hacia un mercado ambulante. De entre los aromas que se entrelazan, elijo el que nunca me cansa, pero evito la tentación de tomarme otro té.

—¡Tía, tía! —Mi sobrino me reclama, apoyado en la mesa de la cocina—. ¿Eso es un dragón?

Mi madre se acerca, también curiosa.

—Es un durian —digo.

—¿Y sabe rico? —pregunta Pato.

—Bueno, con el tiempo te vas acostumbrando.

Oscurece, pero la noche se queda tan clara que puedo ver cada grieta en la piel del elefante, distinguir un faro entre el neón, reconocer el hondo canto de los monjes en medio del tráfico. Mi nueva piel va envuelta en incienso y humedad. La ciudad respira conmigo.

El perro negro sigue paseando un rato largo, olfateando el picante, el limón, el maíz, el aguacate, el mango y el arroz. **ที่นั่นคือที่คุณอยู่**, dice. Ya sabe dónde está.

© Víctor Hondartzape

Ale Oseguera (Guadalajara, México, 1982) es escritora, periodista y performer. Vive en Barcelona desde 2006. Autora de la novela *Realidad en mono* (2020) y de varios poemarios, desde 2019 coordina la sección de poesía de *Todos somos sospechosos* en Radio 3.

Dile hola a la literatura de las Yeguas del Sur

En el caballo de madera se escondían las potrancas rabiosas de alocadas crines, dispuestas a contaminarnos un poco con el fulgor del apocalipsis. En su asalto a la ciudad letrada, las Yeguas del Sur hablan la lengua del fuego, las palabras del monstruo, el eco del cruce y el desierto. No esperaban que sobrevivieran, pero las criaturas plebeyas son a la vez mitos y máquinas de guerra, escriben con su leche embriagadora, con sus caras de nanas y el color puerta de sus pieles abiertas como heridas. Yeguas en calor, nietas de las negras y negros de las plantaciones, de las indias e indios de los socavones; hijas chupasangres de Gloria Anzaldúa y Pedro Lemebel, escriben por su diferencia con el tigre caminando sobre su espalda. No las viste venir, pero aquí están: híbridas, peludas, encarnadas. Y traen pensamiento de abajo, contraescritura del vértigo, idolatría extirpada, arte popular, ruido migrante en libros insurgentes decididos a sangrar en la plaza mayor de la Europa fortaleza en su momento más cringe.

Para componer el catálogo hípico 2025-2026, las portadas de color marrón, nos regodeamos en escrituras sudakas, vidas de malinches, memorias bastardas, fronteras rotas, amores en los conos y en la diáspora, porque toda apuesta artística debe ser también una apuesta política. Y esta es una apuesta por las desterradas, por la incomodidad de sus cuerpos y la impureza de sus voces, porque no hay nada más contaminable que la literatura. Saben que operan en las entrañas de esas mismas estructuras que las dejaron fuera, pero se permiten ser, toman lo que les deben, dan lo que les falta, fluyen por las rendijas de las puertas de acceso, incesantes, íntimas, traicioneras.

Gabriela Wiener

Entra en la ciudad sitiada y descubre las nuevas voces de la literatura hispánica

En febrero de 2004 Caballo de Troya anunció la salida de sus primeras novedades y mostró sus señas de identidad: un sello con perfil de editorial independiente integrado paradójicamente en un gran grupo. Hoy se puede afirmar que dicha paradoja ha funcionado con eficiencia y sin contradicciones. Caballo de Troya, que tiene como principal objetivo servir como plataforma editorial para nuevas voces literarias hispánicas, ha puesto un centenar de títulos en el mercado español con una muy favorable acogida por parte de la crítica más atenta y de los puntos de venta con mayor tradición y relevancia literaria.

Fundado por Constantino Bértolo, el sello ofreció a autores españoles o latinoamericanos reconocidos hoy en día hospitalidad, apoyo o un primer impulso. En 2014 el proyecto tomó un nuevo rumbo: cada año un editor invitado es el encargado de sumar sus apuestas al catálogo. Caballo de Troya es hoy una referencia entre los autores más jóvenes y más ambiciosos literariamente. Una editorial para nuevas voces, nuevas narrativas, nuevas literaturas.

AÑO 2015:
ELVIRA NAVARRO

«He privilegiado las ficciones que establecían un diálogo crítico con el presente. La mayoría de los libros que he seleccionado tratan sobre la identidad y las herencias en todas sus variantes, temas estos que también protagonizan mis escritos».

La cosecha de Elvira Navarro dio con uno de los éxitos más destacados de la editorial: *El comensal* (Premio Euskadi de Literatura), una novela autobiográfica en la que Gabriela Ybarra trata de comprender su relación con la muerte y la familia a través de dos sucesos: el asesinato de su abuelo a manos de ETA y el fallecimiento de su madre. Algunas de las obras que conforman el año de Elvira Navarro versan también sobre las herencias políticas y familiares, teniendo el conjunto de su catálogo los legados como hilo conductor.

TÍTULOS PUBLICADOS

La edad ganada,
Mar Gómez Glez

Sin música,
Chus Fernández

Yosotros,
Raúl Quinto

La vida periférica,
Roxana Villarreal

Fuera de tiempo,
Antonio de Paco

El comensal,
Gabriela Ybarra

Meteoro,
Mireya Hernández

Filtraciones,
Marta Caparrós

AÑO 2016:
ALBERTO OLMOS

«Pretendo que el conjunto de los títulos que se publican bajo mi interinidad conforme un despliegue coherente, un discurso; una conversación».

Alberto Olmos cuenta entre sus apuestas como editor de Caballo de Troya con el IV premio Hispanoamericano de Cuento Gabriel García Márquez. Los relatos de *El estado natural de las cosas* se adscriben en el género fantástico, pero lo modulan y deforman para volverlo a su vez denuncia y retrato de los tiempos que nos ha tocado vivir. Un éxito similar ha tenido *La acústica de los iglús*, conjunto de cuentos en los que la matemática de la música y de la vida arrojan el resultado sonoro que registra la mirada única de su autora. Las cuatro novelas que cierran las apuestas de Olmos se suman al diálogo que quiso abrir como editor, una conversación sobre el pasado, sobre la corrupción moral y política; un diálogo lírico sobre la supervivencia y la comprensión.

TÍTULOS PUBLICADOS

La pertenencia,
Gema Nieto

Los primeros días de Pompeya,
María Folguera

La fórmula Miralbes,
Braulio Ortiz Poole

El estado natural de las cosas,
Alejandro Morellón

La acústica de los iglús,
Almudena Sánchez

Felipón,
David Muñoz Mateos

AÑO 2017: LARA MORENO

«Hay algo que atraviesa cada libro que he escogido y los une: la voz de cada uno, la búsqueda de comunicar a través de lo literario, el grito que la narrativa supone en la vida del escritor. Por eso están ahí».

Lara Moreno inauguró su año en Caballo de Troya con *La hija del comunista*, reconocida con el premio El Ojo Crítico. Esta novela íntima atravesada por la Historia cuenta la vida de unos exiliados republicanos españoles en Berlín, antes de la construcción del muro, durante y después de su caída. Cruzadas en su práctica totalidad por las experiencias personales de sus autores, las obras seleccionadas por Lara Moreno comparten una voluntad de entender. Sus autores interrogan a su pasado o a su presente rebuscando en las raíces de su familia, en situaciones laborales llevadas al límite o en los rincones del mundo y la literatura que acaban conformando nuestros destinos individuales.

TÍTULOS PUBLICADOS

La hija del comunista,
Aroa Moreno Durán

Hamaca,
Constanza Ternicier

Televisión,
María Cabrera

Animal doméstico,
Mario Hinojos

Madre mía,
Florencia del Campo

En la ciudad líquida,
Marta Rebón

AÑO 2018: MERCEDES CEBRIÁN

«El catálogo de 2018 es verdaderamente polifónico; lo he seleccionado confiando en mis corazonadas y en mis años de experiencia en el mundo literario».

Mercedes Cebrián ha escogido cuidadosamente seis historias que conforman un abanico narrativo ciertamente heterogéneo: desde los diarios de una adolescente española en los años noventa en *Y ahora, lo importante*, hasta las descripciones de una región gobernada por la oscuridad, en la que un mineral recoge las voces de sus habitantes, en *Umbra*. Destacan también las experiencias de *Florentina*, una mujer que tuvo que emigrar de Galicia a Argentina a principios del siglo XX en busca de una vida mejor. Junto con el resto del catálogo ideado por Cebrián, estas tres apuestas nos acompañan en un viaje por distintas épocas y espacios que, como toda buena travesía, nos cuestiona y nos enfrenta con nuestra propia realidad.

TÍTULOS PUBLICADOS

Y ahora, lo importante,
Beatriz Navas Valdés

Las ventajas de la vida en el campo,
Pilar Fraile

Florentina,
Eduardo Muslip

Para español, pulse 2,
Sara Cordón

Umbra,
Silvia Terrón

Maratón balcánico,
Miguel Roán

AÑOS 2019-2020: LUNA MIGUEL Y ANTONIO J. RODRÍGUEZ

«Nuestro deber aquí también era anunciar, asentar y reivindicar lo que tímidamente se había mostrado como la literatura de una nueva generación, esa cuyas fechas de nacimiento oscilan entre mediados de los ochenta y principios de los noventa, y que, por mucho que lo hubiera intentado, tardó en encontrar su espacio».

Luna Miguel y Antonio J. Rodríguez hilvanan el grito generacional de una nueva ola de autores y pensadores. Las distintas voces intentan remendar, o al menos explicarse, las fisuras y los desgarrones que las expoliaciones de la sociedad moderna han causado en los jóvenes. Hay reflexiones incómodas que indagan en las masculinidades tóxicas y en los feminismos, hay vértigo ante el paso a la edad adulta, historias de migración e identidades partidas, un relato del aborto clandestino en Chile o una perspectiva íntima de trabajadores de una corporación dedicada a la evasión fiscal. Hay poesía, emoción e ironía para cuestionar, observar y desmontar los roles de género, la precariedad y la política.

TÍTULOS PUBLICADOS

Game Boy,
Víctor Parkas

Cambiar de idea,
Aixa de la Cruz

ama,
José Ignacio Carnero

Había una fiesta,
Marina Riudoms

Listas, guapas, limpias,
Anna Pacheco

Cómica,
Abella Cienfuegos

Litio,
Malén Denis

Reina,
Elizabeth Duval

Animal de nieve,
Dara Scully

Nada ilegal, nada inmoral,
Adrián Grant

Desencajada,
Margaryta Yakovenko

Y tú, ¿tan feliz?,
Bárbara Carvacho

AÑOS 2021-2022: JONÁS TRUEBA

Jonás Trueba toma el relevo como editor conformando un catálogo de autores genuinos que traspasan la representación de un pulso generacional. Así pues, las voces de este año ofrecen distintas miradas y épocas, desde la recuperación de una obra que trasciende la actualidad y cuyo autor falleció de forma prematura, pasando por una historia que reflexiona sobre las herencias sociales y familiares, hasta llegar a un autorretrato emocional narrado con un extraordinario lirismo poético. También cuenta con un libro generoso e inspirador que pone de manifiesto los senderos creativos de varios autores, y dos obras con las que resistir al desconsuelo de la realidad de formas muy distintas: una, a través de la compasión humana, y otra, a través de la belleza de la música y los paisajes de otras vidas.

Estas obras seleccionadas ponen de manifiesto la importancia que tiene la lectura para el editor en el contexto actual, donde los libros representan, en sus palabras, «un espacio de reconexión, allí donde se hace posible el encuentro entre diferentes miradas, sensaciones o lugares».

TÍTULOS PUBLICADOS

Todo sigue tranquilo,
Chusé Izuel

Niños aparte,
Julieta Valero

Casa se busca,
Socorro Giménez

Cuadernos,
Andrés Di Tella

La parcela,
Alejandro Simón Partal

Vilnis,
Bárbara Mingo

Todos deberíamos romper,
Marta Gordo

La Navidad de los lobos,
Fran Gayo

Gente que ríe,
Laura Chivite

Las mejores condiciones,
Manuel Pacheco

Proletaria consentida,
Laura Carneros

Llego con tres heridas,
Violeta Gil

AÑOS 2023-2024: SABINA URRACA

En su etapa como editora invitada, Sabina Urraca buscó rarezas y quiso continuar un propósito: no claudicar en la artesanía de la edición, con la libertad de trabajar en libros abiertos, en ciernes, hasta poder sentir que había frotado cada tesoro con el brío necesario, pero siempre con el cuidado de no borrar su misterio. Quiso también llegar hacia lugares que no le quedaran muy de paso, alisando las dobleces de un mapamundi por el que se movía la literatura viajante, de la migración, que es de varios sitios, y que es algo que puede escribirse en el móvil en un avión o simplemente en la cabeza. Encontramos relatos sobre la infancia y los abusos sexuales, un retrato del sistema patriarcal y opresor de Cuba, un libro que ahonda en los afectos de la amistad masculina, una colección de relatos que es todo un manual de observación de la vida, una novela sobre una familia de Medellín dedicada al espectáculo, una obra que desmonta la institución de la familia. También descubrimos una historia líquida en las Galápagos, una obra de culto gay del México de los setenta, una novela sobre mujeres isleñas que a su vez son islas, otra sobre mujeres que beben, otra sobre la migración escrita en aviones y, por último, una historia paternofilial de soledad y aislamiento.

Doce libros, doce misterios encerrados en el caballo. «Una vez dentro de la ciudad fortificada, abramos la trampilla de su barriga. Entremos en él».

TÍTULOS PUBLICADOS

Leche condensada,
Aida González Rossi

La puta y el hurón,
Martha Luisa Hernández Cadenas

Los bloques naranjas,
Luis Díaz

Se te oscurece el pelo,
María José Hasta

Ya nadie canta,
Manuela Espinal Solano

Papá nos quiere,
Leticia G. Domínguez

Galápagos,
Fátima Vélez

El vampiro de la colonia Roma,
Luis Zapata

Jarroa,
Andrea Fernández Plata

Borracha menor,
Sofía Balbuena

Rom Com,
Claudia Muñiz

La tos,
Alberto Otto

AÑO 2025: GABRIELA WIENER

Una hermana y un puñado de secretos velados a ritmo de una cumbia fantasmal en una noche de familia y vecindad, mirándole a los ojos a la muerte sin poder dejar de cantar temazos ni verdades. Treinta y dos piezas dentales de un territorio en juego, de un cuerpo mexa como una rayuela devastada en la que descifrar el pasado en el futuro con un lenguaje quebrado de maxilares teóricos e incisivos poéticos. Negras prófugas del barco esclavista transforman dolor en política, tejen juntas la memoria retrofuturista del cimarronaje y la resistencia. ¿Y a dónde van las viudas del poliamor? Se besan en una cama ahora más grande y más carnívora asediadas por lo único que no estaba en el contrato: qué se hace cuando este termina. Al otro lado de la frontera múltiple, una mujer que fue niña hace sonar sus seis lenguas bífidas contra el poder y las memorias represivas. Y para terminar un cuasi manifiesto del cuerpo naco de vuelta de todo, cansado del amor colonial y mil guerras culturales.

TÍTULOS PUBLICADOS

Mientras dormías, cantabas,
Pino Luna

Nuestra gloria en los escombros,
Lucía Calderas

Las negras,
Yolanda Arroyo Pizarro

Viudas jóvenes,
Tamara Grosso

Mandinga,
Luciana De Mello

El príncipe de Salsipuedesberg,
Cynthia Híjar

Si te ha gustado ***Dugongo,*** te recomendamos:

NUESTRA GLORIA LOS ESCOMBROS (2025)
Lucía Calderas

Todo lo importante se aprende por la boca. Una historia por cada diente, una mordida, un agujero. A través del recorrido por las 32 piezas dentales, *Nuestra gloria los escombros* teje la incógnita de los límites de la identidad indígena (¿fui, soy, seré?) a partir de la historia familiar y ancestral de la autora, las implicaciones afectivas, sociales y políticas de la migración y el desplazamiento de los pueblos originarios y la vida de las mujeres en ese territorio liminal.

Un libro inclasificable, pura poesía y acción comunitaria de una de las jóvenes voces tsunami del feminismo literario mexicano. Una literatura otra, un juego muy serio para nombrar un mundo que se cae a pedazos.

GALÁPAGOS (2024)
Fátima Vélez

Galápagos nos cuenta la historia de Lorenzo, un pintor al que se le cae una uña y viaja de Bogotá a París, y más tarde por las islas Galápagos, mientras asiste a la decadencia de su salud y su cuerpo. Con una prosa poética increíble, que se salta lo que haga falta con una agilidad casi gimnástica, *Galápagos* nos pasea por pieles y voces, poesía, humor, belleza y absurdo, adentrándose en la exploración de cuerpos enfermos y deseantes que se niegan a desaparecer, que oscilan entre la pulsión creadora y el abandono, que se cuentan historias para evitar el final o para recibirlo.

Trascienden en este libro la mirada y las obsesiones de la autora, desde la incomprensión y el miedo de una niña que vivió la llegada del sida en los 80, hasta su interés por hurgar, por lo escatológico, por la fisicidad de todo lo que los cuerpos producen y desechan. ¿Qué pasa cuándo las uñas se caen? ¿Qué genera el cuerpo, sobre todo si es un cuerpo enfermo de sida? Del contraste entre la vitalidad y la agonía de la enfermedad se despliega este cadencioso «viaje hacia la descomposición».

DESENCAJADA (2020)
Margaryta Yakovenko

«Mi pasado había quedado borrado a nivel legal. Yo no tenía partida de nacimiento. De la persona que nació en Ucrania solo quedaban los rastros esparcidos en mi propia memoria, hechos jirones. Toda mi vida hasta ahora se había disuelto como un terrón de azúcar en el té. Legalmente, hasta hace dos semanas, yo no existía. Y todo lo que recordaba de mí misma podría no haber existido tampoco».

Influida por la ficción de Zadie Smith, la lírica de Anne Carson o el periodismo de Svetlana Alexiévich, la opera prima de Margaryta Yakovenko sobresale particularmente por su capacidad de enredar una historia subjetiva en un complejo tejido sociopolítico, y por la singular naturaleza de su narradora: cautivadora tanto por su fragilidad como por su contundencia.